思想的流速

杨森林 著

中国书籍出版社
China Book Press

图书在版编目（CIP）数据

思想的流速 / 杨森林著 . -- 北京 : 中国书籍出版社 , 2022.5
ISBN 978-7-5068-8968-1

Ⅰ . ①思… Ⅱ . ①杨… Ⅲ . ①诗集－中国－当代 Ⅳ . ① I227

中国版本图书馆 CIP 数据核字 (2022) 第 051341 号

思想的流速

杨森林　著

责任编辑	张　娟　成晓春
责任印制	孙马飞　马　芝
出版发行	中国书籍出版社
地　　址	北京市丰台区三路居路 97 号（邮编：100073）
电　　话	（010）52257143（总编室）　（010）52257104（发行部）
电子邮箱	eo@chinabp.com.cn
经　　销	全国新华书店
印　　刷	成都蓉军广告印务有限责任公司
开　　本	880mm×1230mm　1/32
字　　数	225 千字
印　　张	9
版　　次	2022 年 5 月第 1 版
印　　次	2022 年 5 月第 1 次印刷
书　　号	ISBN 978-7-5068-8968-1
定　　价	68.00 元

版权所有　侵权必究

自　序

黄河说，你的诗集还是你自己写一篇序吧。

我说给诗写序有意义吗？

他看了我一眼，没有再回答我的话。

他知道他无法和我探讨有关意义的任何事情。

更何况是写序这样自说自话的事了。

对我来说，诗歌是一种懒惰的语言方式，我用它来打发时间，当我和这个世界要无聊的时候，它只是我自言自语的疯话罢了。

有些东西只有自己能懂，其他无论主动还是被迫阅读到的人，只是在我的诗歌里找到自己的影子而已。那些所谓的感同身受对我而言，要么是谎言，要么是安慰。

如果一定要表达一点什么的话，我会按照乐观而积极的态度，写下这样的话：我的诗是我心语的流露。所以我决定让心流持续地铺展给这个世界，或许如潺潺的溪水，能够给一些疲惫的人留下一些声音的絮语；或许如奔腾的江流，能够冲刷来自山顶的砺石成沙。

但这不是真的。

真的是，我来过，雪泥鸿爪；我走了，沧海桑田。

我决定用诗意的语言来给自己写序。我将它叫作"我还有疼痛的自由"。

我做了半生时间的奴隶。

从脱离母胎的那一天起,我就开始了流浪。我是大巴山脚底一个叫丰乐的地方的住客,那条安静的巴河从门前流过,她的目的地不是大山本身,而是遥远的大海。我和我的家庭是那里的异乡客,我从晓事那天起,就和那里格格不入,尽管这个地方被我称为家乡,未来也许会被人称作是我的故乡。

我怀念家乡,是对痛苦的习得性遗忘,其实每个人都会有这样自欺欺人的行为。往事不可追,就在对时间默哀的时候去捡拾几片凌乱的花瓣,吊唁自己万里挑一的庆幸。

我曾腰挎长刀穿越过黑夜,那只是为了防止别人对我的侵害。我用生命保护自己和家庭的荣誉。曾家沟的煤炭压弯了我稚嫩的腰,但我学会了目光如炬地遥望前方。

感谢有书相伴,有我那来自湘西的苗族奶奶的护佑,也感谢我"有子则刚"的母亲挑起家庭的重担,还有被特殊年代耽误的父亲给我的启蒙。

江湖有险,山河无过。风火无情,草木有意。如今对家乡最好的记忆,停留在静水深流的巴河、草木葱郁的山梁、儿时无邪的伙伴,以及读书和习武的时光深处。

我打造了一副坚硬的壳,但这层壳包不住我的胆怯与痴傻。我顺流而下,到了三汇中学读高中,因为写作而得到万千宠爱,也因为写作而备受折磨。经历了最低分数的耻辱和奋起直追的骄傲,我第一次坐上绿皮火车到了北碚,走进了西南师范大学,与一代国学大师吴宓擦肩而过。我被文学蛊惑,高中时候主持过川东地区声名赫赫的"泉心文学社",大学时期重振了郭沫若题词的"桃园文学社"。那时候如果能写出被传颂的诗歌文章就会享受到如后来影视明星一般的追捧。我甚至因为一首长诗《悼念亡兄》，收获了一段刻骨铭心的爱情。

我发表了很多文章，留下了很多文字，但在1995年我大学毕业的时候，一把大火燃烧了我家乡的老屋，也将我的三箱文章、日记和证书付之一炬。

我从此断了念想，不再写作。即使动笔，也是繁杂的文牍和谋生的文案。直到黄河回到成都，我才开始重新淘浚我诗文的古井。一起组建"三汇文学"，缅怀过去的时光；一起成立全国最小的作协——渠县作家协会三汇分会，回报家乡的滋养；一起创建渠县网络作家协会，希望用"枭魂悦读"来取悦众生。

我其实不想取悦任何人，我是一个乐观的悲观主义者。固然，很多人透过指缝，就可以瞧见绚烂的阳光。但我知道，温暖是时间的余数，我总是习惯在四下无人的夜里，独自计算着悲欢的面积。

在人生的驿站，我学会了安静地观看大道上匆忙而焦虑的身影，远方的云彩变幻莫测，舒卷之间，一个又一个世界就成为幻影。所以，大部分时间，我宁愿用悲悯中的伤感去面对别人的快乐，宁愿用宽容中的温柔去面对别人的愤怒。其他时候，我只与自己和解。

戴上了父亲、儿子、丈夫、学生、老师的铭牌，还有学者、医生、教育者、修行者的袖标，责任和义务在两个肩头上了一把锈蚀的骨锁，而我却把藏在心头的钥匙搞丢了。

我曾用努力掩饰自己的愚痴，奋斗了一场海市蜃楼的事业，也曾用痴情粉饰了自己的软弱，装扮了一段镜花水月的爱情。到我明白这些的时候，日头正在下落，我遥望晚霞的光彩照人，不禁有了些许的悲伤。

我将白色的垃圾与黄色的铜钱扔在一边，与白云一同行走

在天边的小路上。我们会嬉笑打闹，捡起一块石子，扔进黄昏，林间便传来了小鸟的赞美，叶的惊讶，还有栀子花的馨香和溪流的水声。也许，生命终将会回归宁静，只是我的心胸太小，剩下的空间只能储存古旧的诗词和魏晋的风骨。

我现在不要再去找什么钥匙了，我长满膏油的身子可以变成暗黑时的一柄火把，谁用，拿去点燃就好。

记得一个僧人曾告诉我，黑色的是眸，彩色的是瞳。所以这个世界不只有黑白。

我跳进黑火，烧出了一个黎明，掀起的白昼，抖落了半颗繁星。推开窗，世界就迎来了阳光和一阵泥土的清香，天边的云朵在暗喜，她曾剪碎罗裙又不动声色地布置了另一片天空。此时，嫩禾禾的小草正竖起耳朵，风起青萍之末，有雨露的味道。其实它们什么都知道，即便是长在向阳的山坡，也要历尽一生荣枯。我就这样傻傻地站在窗前，将所有的美好藏匿于眼底。

我把文字用黑夜的杵捣碎后扬在白色的时光里，还好有人能从我身上嗅到泥土的芬芳；如果靠得更近，也许还有残存的荷香。我没有陶潜的一亩三分地，只有一方阳台，可以种下几株菊花与一盆菖蒲。我每天用这样的清供和一瓣心香，祭奠着逝去的时光和遥不可及的未来。

如果说言为心声，我想我已经喑哑许久，嗓门再大也喊不出一个音符，我心里的弦断未续，说什么都是多余。如果夜的声音只有我一个人可以聆听，今夜，注定月华如水，舀一碗水，就喝下了月亮的影子。

抚摸着这个 600 个月大的孩子，皮糙肉厚，内心温柔，突然有点心疼自己了。我愿意蜷缩在某个角落，轻微的鼻息宣告我的活着。每当这个时候，我便期待有一个人，缓缓地弯下身姿，听着我的鼻息，扯下一片云彩盖在我的身上。我想，她如果不是母亲，就一定是最美丽的天使。

当死神决定带走一个人的时候，它会布下重重迷雾，取走那些光亮和影子，离别也有了回形针的模样。只是，再次的重逢是在梦中。

我向着许久未照过的镜子走近，将影子留在外面，这样，我就再也不用担心是否有光明与黑暗交替，这样，我就可以自己做主，映照我所面对的全部的世界。

这个世界的喧闹在镜子面前只能选择静默。这样也好，我不用再去判断任何语言和声音的矫饰。我可以安静地用镜子一帧一帧地去看透世界的真相，也可以选择用格式化的方式，让镜面了无痕迹。

我已经开始混淆时间与空间，寂静的夜像是熨平的海，过去、现在和未来是凝聚在我念头之间的海上漂流瓶，而所有发生位移的空间也就结成了一粒粒珍珠。它们安静地躺在瓶子里，沉入大海，不再与月色纠缠，不再被风牵绊，也不再与谁遇见。如果有一天，孩子在玩耍的沙滩上发现它，也许会给到他们一点惊喜。

世尊拈花，迦叶微笑，教外别传，言语道断。无所从来，无所从去，其义自见，入如来藏。是说我的诗。未言我的诗。终究是你的诗，究竟是谁的诗？

呵呵，嘻嘻，哈哈。

他 序

李学明

黄河告诉我，杨森林要出诗集了，我喜出望外，击起掌来！我读森林的诗歌久矣！

曾经森林老家的一把大火，烧掉了他青少年时期的全部心血，但没有烧灭他的智慧与才华，反而烧旺了他中年的热血！不仅创作不断，而且还要出诗集了！好哇！可喜可贺！

我与森林都是渠县三汇中学的学生。只不过我比他早30年，算学长。

早在2014年夏，龙克在成都约集杨牧和我，与几个文友相聚。三汇中学的同学就有三位，杨森林、李素平、李冰雪，他们都是杨牧的崇拜者。

杨森林说起在三汇中学读书时办文学社，办文学刊物，喜形于色。说到当年在中学见到了杨牧老师，一脸幸福。

李素平从西藏来，他马上从手机里调出杨牧的《我是青年》，当即声情并茂地朗诵。他现在是西藏动漫协会会长。

李冰雪来自达州，也说杨牧是他的偶像。他送给我一本诗集《叩问与守望》，是杨牧题写的书名。现在，他是达州市文体旅游局局长。

森林曾邀约我去文殊坊，听他说杨牧。

2017年12月，在广东中山市古镇镇，杨牧与我应邀去参加黄河的一个活动。期间，我与森林茶叙，听他说三汇中学，说杨牧，长达两小时之久。

森林说:"是呀,杨牧是三汇中学的,我为是他的校友而骄傲!"

1986年,森林听说杨牧被评为全国最受欢迎的十大诗人,获得国家级诗歌大奖,在新疆石河子办的《绿风》诗刊闻名全国。消息传来,一众三汇中学的文学青年无比激动。

30年后,杨森林接过文学的大旗,振兴泉心文学社,文学社社员呼啦啦达上千人之众。

杨森林是与黄河一起玩文学的。那时,黄河在汇北读中学,创刊物,办诗社,几近疯狂。他们是"师兄弟"。

泉心文学社与黄河的绿野文学社一起,把三汇闹"昂"了。

泉心文学社与渠县二中、营山县中学的文学社联谊。县内县外,文学异军突起。

泉心文学社办起了《新星心》,先是小报,4开本,一天一期。接着办成刊物,一周一期,80页,容量更大了。覃锋、胡策负责排版、油印,十分辛苦。杨森林至今叹息:"覃锋等学长打下了坚实的基础,才有我们后来应运而生的影响力。三汇文学的振兴胡策贡献太大,可惜,他高考失利在南下时出了意外。胡策是文学的殉道者!"

疯狂的森林,一年写100多篇诗文,《巴山文艺》常有他的诗文。他的作品还登上《中学生》《语文报》《中国少年文学家》等知名刊物,获得了一个又一个文学奖项。

他是校中名人,出任了校团委副书记,这个职位至今也只有他一位学生担任过。

他是省内名人,因见义勇为,舍己救人,被评为"四川省

十佳赖宁式好青年"。

雍朝育老师是杨森林高中的班主任,喜好文学,常在报刊发表诗文。他与森林一起玩文学,支持帮助森林最多,是忘年交。

森林在三汇中学的文学荒原中掘泉《泉心》,甘泉流淌,如今文学青年已成一片森林。

森林说:"1988年,正在办刊物、玩文学热闹非凡的时候,我的文学偶像杨牧回来了,我向他报到!"

我告诉森林,杨牧从新疆第一次回三汇中学,是此前几年,他与表弟王建国一起,未惊动任何人,把三汇中学走了个遍,还在59级2班教室门前照了相。有同学不认识他,说,这里有什么好照的?杨牧说,或许将来,你们会说,这里是值得照的。

杨牧曾经告诉我,1988年,他第二次回三汇中学。三排老教室还在,花园级园、礼堂没有了。教师宿舍和食堂还在。听说杨牧回来了,一批文学青年蜂拥而至,七嘴八舌说文学。已过不惑之年的杨牧,看见这些文学少年,激动呵。"当年,我们玩文,只在小圈子内。现在,你们这阵势,令人欣慰哟。我的三汇中学也有今天啊!"

雍朝育老师虽未教过杨牧,但文学情怀使然,他格外热情,找来许多学生。雍老师把杨森林等爱徒找来了。同学们把杨牧围个水泄不通,七嘴八舌,问杨牧,听杨牧,好一场文学大聚会。

中午,雍老师到食堂,由厨师张福生炒了几个小菜,夏天伦、王瑞海、冷文俊等几位老师,各自端了一碗饭,聚到一起听杨牧聊天。

"雍朝育老师一直把我送到船上。"杨牧说。

雍朝育是我高中一年级的班主任,教语文,对我疼爱有加。

他那时常在报刊发表诗歌，他是文学青年的导师。因此，我与森林师出同门。

在杨森林的记忆里，杨牧深爱汇中的每一寸土地。当天晚上，森林看见杨牧提着马灯，夜巡汇中，他便尾随其后，紧紧追随他心中的偶像，轻脚轻手。

然而，高考这块敲门砖，把森林挡在了门外，那年他总分只有293分。文学误了功课，他差点像黄河、胡策一样南下深圳打工。

但倔强的他选择复读一年，高考总分得了518分，成为渠县中学文科状元，上了名校西南师大中文系。那可是国学大师吴宓教书育人的学堂。

杨森林离校，李冰雪接班，当《新星心》社长，学子们玩文学，一浪高过一浪。

现在，森林在成都发展，集作家、诗人、企业家、传统文化传播者、文旅商业专家多重身份于一身，在公益、教育、文化等多个领域，多有建树。

我家在汇东乡（现在划归三汇镇），森林家在丰乐镇。十里八乡，乡里乡亲。都是渠县人。

森林一篇《家乡的味道》说："走南闯北，吃了多少美味，而天下最好的美味，还是妈妈用柴火做的菜干饭。一连吃了三碗，再加上一碗黏米汤，真是美上天。"细细品读，我感同身受，这是妈妈的味道。

父母爱，是乡愁。

2018年4月7日，森林与我同回三汇镇，参加渠县作家协会三汇分会成立大会。尽管这是当时全中国最小的作协，然而这也是三汇镇文坛的一大盛事。省作协原党组副书记、副主席杨牧回来了，县作协主席李明春回来了，市文旅局局长李冰雪回来了，他们都是三汇中学的学生。黄河当选为作协分会主席。

森林当选为作协执行主席，他在会上发表了讲话。他说："渠县作协三汇分会的成立源于一群三汇的资深文学爱好者和两个灵魂人物。他们自小爱好文学，热爱三汇，有着剪不断的乡情和振兴家乡的愿望；他们同时又有着深入骨髓的文学爱好，一生跟文字结缘。他们立志要复兴三汇文化，振兴三汇文学，为把三汇建设成文学特色小镇而矢志不渝。"

《三汇文学》，杨森林协助黄河，呼啦啦拔地而起，把全国各地文友乡友聚集起来，说三汇，写三汇，建起一个文学殿堂。据黄河统计，迄今五个年头，发表原创诗文 4366 篇。

2020 年，杨森林担任渠县网络作家协会主席，与黄河又在家乡更大的平台上开辟文学新天地。

关于老家，杨森林在《诗集》中倾注了大量笔墨，有着浓得化不开的深情。我大致数了一下，有大约十几篇诗歌写故乡情结，有乡愁，也有希望与期许。这当中我认为最出色的是《三汇，我心痛的方向》与《达州，乡与乡愁》两首。

　　脚步向着故乡才会沉重
　　秋池春水随着情绪上涨
　　岁月从流星里收割生命
　　河流在牧童笛声中自由地流淌
　　一千年巴山夜雨洗出清明
　　故乡奖赏了我一江阳光
　　必须在夜色中翻阅历史

每一根肋骨记载一段时光
牛奶尖写下的青春在白腊坪喘息
文峰塔和向阳门在老照片堆中泛黄
一杯酒向天，一杯酒向地
还有一杯酒狂欢着步履踉跄
对影成三人的画意写满孤独
那么三条江河又能盛下多少苍茫
文字是心尖挤出的血滴
家乡这张故纸写满了流浪
河水用普通话向海洋奔涌
哭的笑的咸的泪穿过通用的雨巷
我在夜幕中飘过三汇古镇
每一盏灯光都是血脉相连的宝藏
我生在这个地方，却是为了离别
这就是为什么坟头向着故乡

——《三汇，我心痛的方向》

以前
我以为达是到达
当我挤上襄渝铁路
误认他乡是故乡的时候
我发现自己只是
一个叛逆期的孩子

那大巴山是我结实的身躯
那雄浑奔腾的州河是我的动脉

那静静流淌的巴河是我的静脉
而我,只是你的一粒种子
像蒲公英一样流落异乡

后来
我以为达是达人
当我足迹遍布四方
以普通话替代方言的时候
我发现自己已是
一个油腻的中年汉子
那凤凰山是我起飞的巢穴
那浓浓的乡音是我灵魂的符号
那故乡的美食是我思念的源头
而我,还是你的一个孩子
在梦中我会呼喊你——我的母亲
达州,你我的达州
达州,我唯一的故乡
出发与回归
用思乡的绳线牵引
画个圆,你是始终的圆心

——《达州,乡与乡愁》

这样的文字像家乡的烧酒一样,读着有一股热流通透全身。

他在他箕门街75号的成都会客厅,经常邀集我们品茗。这真是一个乡友文人聚会的好地方。

在成都,每有聚会,他都对我格外关照,一直要用车陪坐到家。他硬是把我当成老家的老辈子，让我非常感动。

无论在文殊坊，还是在簧门街见面，我们一进门，总有一股独特的文人气息扑面而来。这里总是高朋满座，谈笑有鸿儒，我们在这里谈天说地，总是流连忘返。森林的谈话融汇古今中外，既见识广博，又闪烁着真知灼见，可谓"口若悬河，文思泉涌"。

吟咏森林诗集中的作品，会发现其中充满了文采与洞见，更不乏语言的凝练优美与表现手法的创新与试验，确实是一种很好的享受。诗集凡八辑，一百余首，不算洋洋大观，但也精品迭出。很多诗句都有力透纸背的深刻与迷人魅力。森林的诗歌，有着丰富思想内蕴与人生智慧，有着崇高的家国情怀与悲天悯人的人性温暖，值得仔细阅读与研究。

他的诗歌讲述着人生感悟。

他乡冰冷如禁瓶
灵魂无处安放
回望
肉身膨胀了欲望
故乡再也容不下一寸肌肤

——《过故乡不入》

这无疑是深刻而苍凉的。连有我这样阅历丰富的老人，读来也很是动容。

禅意，也是森林诗歌的一个重要主题。

暮春敲响初夏的门

一只蝉在树的命门中涌动
我准备回到远古的山洞
从大地的产道中重生
我把这天定义为生日
心中有着回望祭日的庄严
半轮月亮从云层中诞生
那是瞳孔里溢出的一池秋水

——《在洞中度过春宵》

千年石佛迹模糊，只有时间的深痕
我拜下去，石头就在心头复活
那多事的袁焕仙，止语，还写什么应答
凡扰你者皆是魔，你却要让魔转过身去
回望灵岩圣灯，一念千年，一念成佛
当你动心你就输了，当你认输你就赢了
我在念起念灭间，不输不赢

——《回到灵岩山》

森林的诗歌语言非常通透，很多诗阅读起来很有快感。

六月，误入了江南的梅雨时节
水上的小船，从宣纸划出
我以柳为笔，在水上题词
一只扑粉归来的蝴蝶停在了乌篷
它在绍兴的黄酒里染成琥珀
生活里剥离出来的禅意

有时至深，有时至简
就像错落檐墙上雨水的画笔

——《在绍兴饮酒思晋》

家国情怀，是诗人永恒的主题，在杨森林这里当然也不例外。

有多少流离失所
就有多少归心似箭
家是最后的堡垒
回家就像出家一样安全
有人忙于照料孩子
有人急于关心姑娘
有人在黄的路灯下
将影子拖得很长很长
冷雨毕竟不是春雨
寒风中，像极了一场告别

——《今日，成都抗疫十四天》

我的坚硬像冰雕一样精致
点亮或者融化都与柔软有关
跨年的时候，没有黑暗
可以关住孩子们柔软的梦

——《跨年》

人性的柔润与情感的丰盈，也是森林诗歌的显著特点，我这里就不一一列举了，读者诸君尽可以自行体味。

渠县是个人杰地灵的地方，三汇中学更是人才辈出。

从杨牧等人玩诗文，是第一个30年。

从杨森林、李冰雪在汇中玩诗文，迄今第二个30年矣。

在成都，杨森林出诗集，办事业，忙得不亦乐乎。

在达州，李冰雪引吭高歌。他创作的歌曲《走在春天的路上》入选中宣部、（原）文化部、（原）国家新闻出版广电总局组织评选的"第五批'中国梦'主题新创作歌曲"，在央视及全国各地电视台播出。他讴歌家乡的《达州达人达天下》《巴山谣》《渠江，渠江》《三汇三汇》，广为乡人喜欢，传唱。

在渠县，继杨森林、李冰雪之后，三汇中学又杀出一匹黑马。2011年，李明春的小说《山盟》获四川文学奖，《中国作家》双年度奖。他曾在我的家里，绘声绘色地朗读刚完稿的小说《大哥二哥》，他有一肚子的故事。

黄河是三汇镇人，前几年出版的一部《三汇的花朵》成为三汇文友的至爱。现在，他在成都、渠县两头跑，更忙了，忙平台，建网络，写三汇，写渠县，诗文迭出，迎来了又一个文学之春。

30年后，三汇中学文学导师有来人。魏华校长，热爱古诗词，发表达30余首。汇中的杨牧诗社，有声有色，每年均有专家专题讲座，现场改稿等活动；每期辑有《三江灵》社刊，发表师生创作。

两千年宕渠，八百载三汇，诗人云集，佳作迭出。杨牧是中国诗歌学会副会长，同时杨牧诗歌奖也是中国诗歌学会唯一以健在诗人命名的大奖。乡人龙克、雪莲获奖。

从杨牧到杨森林、李明春、黄河、李冰雪，新人辈出。迄今60年，文风鼎盛，蔚然不绝。我们有理由相信，三汇中学、宕渠作家、诗人群体能够涌现更多优秀作家、优秀作品！

本已宣告封笔，不再做序，但诗人森林的诗集在手，读其诗，阅其人，有感而发，乐为之序。

2021年7月于成都

【作者简介】李学明，1943年生，四川省渠县三汇人，解放军外国语学院文学院毕业，曾任四川省委统战部常务副部长、四川省社会主义学院院长。教授，享受国务院特殊津贴专家，邓小平理论研究专家。获国家图书奖，已出版著作20部。

目 录

第一辑：季节的班次

- 2　血月的序言
- 5　和一棵柳树谈心
- 7　花开无声
- 10　春去矣
- 11　夏来也
- 12　一片雪花的快乐
- 15　理　发
- 18　阳光沸腾的秋日
- 20　故乡的柿子
- 21　和老乡烤火
- 22　银杏在风中絮语
- 24　孤独的守夜人
- 26　来自北极村的密信
- 28　这个冬天和你聊下无聊

第二辑：漫无边际的思考

32　　蝴　蝶
34　　跨　年
37　　乌鸦与狗
39　　陪银杏等雪

第三辑：我是佛系青年

42　　在一叶菩提上舞蹈
44　　记得朝霞吻过格桑花
47　　春天，我该构造一些美好
49　　走过都江堰
50　　在灵岩山修一条心路
51　　回到灵岩山
53　　洗　澡
56　　止　雪
59　　拥抱一棵春天的树
60　　春在柳荫里痴笑
63　　四季心经
69　　香雪兰
71　　等夜来
72　　等梦醒
74　　雨是冰刃消融的血

76　初夏雨渐渐沥
78　在洞中度过春宵

第四辑：风从故乡来

82　回乡偶记
83　清平乐·点燃火把
84　三汇镇
86　三汇，我心痛的方向
87　达州，乡与乡愁
89　过故乡不入
91　故乡回春
93　对父母的想念在某个驿站

第五辑：梦里不知身是客

96　甲居藏寨
99　冈仁波齐，我的家
100　九华山的月晕
101　在别人的家乡入秋
102　2020秋驻宜宾
103　山居笔记之雨居赤水
106　在绍兴饮酒思晋
108　冬　孤

109	春风醉
112	冬日，阳光是春的邀请函
114	太阳是一味毒药
115	月是太阳的灵魂
117	月亮在水里散步
118	夕阳的呼吸
119	蓉城偶值秋阳
120	秋雨的喧嚣与庄严
122	听雨说云的来处
123	等雨下
124	等雨赴约
125	雨雪成都
126	秋阳春潮

第六辑：与季节无关的情绪

130	与季节无关的情绪
132	平安夜抒情
133	一颗燃烧的苹果
135	果在等花老去
137	那孤独繁华的樱花
138	仲夏夜星光坠落如萤
140	遥远的风铃
141	女王秘径的鱼子兰
143	守望一颗禁忌的果

145　　一枚琥珀的生日
148　　喃　喃
149　　北极的眼睛
150　　寂静的初冬

第七辑：游走在大师的灵魂间

154　　摘一把阳光煮茶
156　　好嗨哟
158　　老狗在东坡晒太阳
160　　晒皮囊
161　　和东坡韵寄清玄
162　　巴山夜雨思李白
163　　太阳晒在王维的身上
164　　想象一首生日歌
166　　人间如镜
168　　墨镜给世界光明
170　　灵岩山银杏
172　　森林里住了一群树
174　　有风穿过胡杨林
175　　私　奔
176　　元旦，诗的旅行日志

第八辑：浮生幻游与致敬无常

180　四月随雨流回海
182　春雨中，石头正在发芽
184　行走的春天
186　春在上个季节已经预约
188　心的血雨倾盆地下
190　凉山南红
191　我的穴居日记
193　沧桑的灰烬
194　夜晚，我点亮思想
195　破月亮
196　中年醒来，回乡创业
198　两行诗
200　我在黄龙溪等你
201　致敬无常
202　九〇届，30年，一生情
204　白露从时间滴下
205　看一支蜡烛归零
207　菩提树之约
208　千年芙蓉锦城西
209　银杏的锦被
210　向着雪的方向奔跑
211　幻　像
212　火　柴

214　解忧杂货铺
215　轮回的沙漏
216　喜悦的拥堵
217　惊蛰，环球共凉热
219　与夫书
221　我只钟爱孤独的自由
230　中秋前夜的寂静
232　暮光之原
234　假装醉酒
235　安睡在废墟的野花
237　爱情包浆
239　草原的呼唤

241　天年告白书（代后记）
242　森林里流出一条河

第一辑：季节的班次

血月的序言

我想我没有误会自己
在太阳赐予万物温暖时
我所度过的黑夜
如同阳光一般弥足珍贵
我喜欢在寂静里凝视世界
许多悲观来历不明
但我并不恐惧
我在心里唱着悲歌
但始终与光同行

我曾与月光交谈
它说黑夜不只是安静的帷幔
还是孕育思想的温床
当内心的温度高于月亮
脸上就流淌着半个春天
害羞是人类才有的优秀品质
我曾因为姑娘的低头脸红
爱了她半生
直到现在,羞涩
也会让我打开心里的泵

将殷红的血液输到脸上
但在此之前
我还是感受到了春寒料峭
那些灰色的飞沫
沾染了我喜欢的
每一个清晨与黄昏

今夜的月亮从太阳那里
取来古铜色的匈奴血液
她的脸红全人类都可以看见
只有我是提前到梦中
去借了蚕丛的纵目
静待十五的月亮满脸通红
她一直与大地，与我
保持着理智的距离
这样才不至于
让心花绽放的颜色
在时间里枯萎

我不希望她是在空中
看到人间的瘟疫战争饥荒
而焦灼不安
我只愿意她是在黑夜殷红的心里
装着一些美好去点燃夜空
我看到天空这个硕大的信封

贴了一张红色的邮票
从青山寄来一些温暖
或许，我应该从里面
取一小块细碎的红月光
来装点一下即将升起的朝阳

和一棵柳树谈心

连风云都淡了
我怎么会在意雨雪
和一棵柳树在岸边谈心
一定和风月无关

冬天已被太阳洞穿
柳絮何必在春季急于铺被
我堆起的雪人必将
融化在一块葱郁的麦田

杨柳凝翠,碧水连天
我安坐在馨香的阳光里
用春水煮一壶新茶
用炉火点燃一支香烟

我耐心地发现
柳树的根部冒出了新芽
来年盛夏,还会有杨柳依依
一行白鹭在此宁静地厮守

柳树对每一片土地都一往情深
似水流年里,插在哪里
就往哪里扎根,飘逸的身影
辉映着天边赤诚的晚霞

牧童吹响的柳笛
唤起路边歇脚已久的旅人
姑娘温柔的柳眉守着一池春水
一眼千年,柳树默默地
画下一个心形的年轮

花开无声

春风的踪迹从柳丝的轻颤开始
柔软的兴奋,腼腆又无言
春日的百花都有一颗风雅的心
像是迷了眼的风沙
它们还不知道
暴雨会悄悄地安葬
那颗风中凌乱的果实
它在枝头横空出世的样子
不是梦,也不是花
似乎是在为雪落前的梦境做铺垫
只有到了冬季
尘埃落定,花瓣成泥
才能在隐痛中
感知暗香是否已离去

生命中会有许多
迫不得已的割舍
像失手打落的瓷器
给世界交出最后
支离破碎的声音

而我选择把一切交给时间
任岁月的河流在
光滑的脸上冲出沟壑
任苍白的心事
冲上乌黑的发梢
蝉鸣在七月流火时止息

我在一杯酒里对影成三人
一滴酒液足以品尝月色甘甜
我爱这尘世无解
不时还有晚风青睐

爱的质量会在冬天更加沉重
当冰霜刺破手脚的老茧
我独居的竹庵
冒出了点滴的血花
平静地书写着半生的热情
当万物被白雪温暖
那个没有声调的音
像两朵炸开的棉花
柔软且带有阳光的味道
你给我一池秋波
待到春风十里
我要还你一片花海
那时,砍柴牧马

拒绝天涯

那时,春暖花开

燕子归来

苔藓已铺满你的必经之路

春去矣

一朵早春的花
一瓣一瓣地打开自己
花蕊中空空如也
只有晶莹的晨露
才可以包容花的缤纷
时光将美好制成影像
花和果在枝头交换了底片
落花满地
挽留春色三分

春日暖阳向初夏游去
我悄悄滴下一滴眼泪
为坚守的花防晒
那滴眼泪浓稠如血
它是我心底最后

一滴殷红
春去矣,雪还在探路
什么时候涉水
什么时候过桥
什么时候遇见
一身蓝衫的你

夏来也

蝌蚪在水塘书写诗文
燕子剪开了柳丝
来不及说声谢谢
春天已经在整理行装
夸父将太阳推到面前
邓林终究会燃起大火
连上帝也无法按下
季节的暂停键

我藏起黛玉的花锄
我要到田间莳弄稻苗
当萤火成为漫天星辰的时候

白天的蝉鸣和夜间的蛙噪
刚好可以为我催眠

我在山林里
选了一条最清澈的河栖息
不寻源头，不问归处
星河流淌，俯仰之间
世界在一片叶间发黄

一片雪花的快乐

当我从人海的泡沫中透过气来
我决定向群山皈依
没有低头的屈服和多余的话语
只是安静地与雪峰相向而立
只是拈起一片雪花微笑
想着在下个春天来临之前
温暖一颗光之裂痕的冰心
冰与火的拥吻
结局注定是零度以上

当大翅蓟铺好帷幕
我的骸骨将被放在山腰
那里,向下就是饮食男女
向上,是蓝天白云与雪旗
也许是天空载不动云的愁
在一个鸟语相伴的清晨
我偶然发现,山谷的河流
已经复苏,流淌得如此平静
它的声音是本质的,矜持的

雪花挑逗起我的无尽忧伤
我几乎不敢推窗迎接春天
原计划在冬天焚书煮酒
让血脉贲张的野性
拯救那些装睡的冬眠
和无眠的男性功能障碍
可到了安静的午夜
我宁愿在炉火旁打盹
等雪花悄无声息地降临

那满地的银装素裹
就是我们提前预约的欢喜
在这万籁俱静的天地间
一滴泪就可以灌溉我的心田
你一半柔情似水，一半坚挺如冰
我一半醉意朦胧，一半执着清醒

麦苗会在雪被里蠢蠢欲动
雪花的六棱刀锋
被温柔磨得更加凌利
我操起刀笔在肋骨上
刻下一部无字的典籍
收藏进深不可测的海底
我感受到了雪花的重量
也享受这悄无声息的摩擦

每一朵雪花注定会有一个故事
它们带着前世的眷恋
填补了我灵魂的空白
它们厮守在雪山上
凝成了冰一样透明的信仰

理　发

雪笺纷飞寄来的冬天
记忆被风化成斑斓的碎片
头顶次第长出一些枯黄的草
坚硬的鬃和霉豆腐的毛
我头上的青苔历经三季
如同深秋滩涂的芦苇
开出了灰白的花
那些祭奠时光的花环
宣告土壤已经渐渐稀薄
几根倔强的头发在张扬
可是冬天的它们显得如此沧桑

每一根头发都有自己的活法
毛囊还在，它们从不畏惧死亡
除非要决绝地离你远去
"地中海"和"沙漠化"都是
它们惯常的伎俩

我的头发谙熟所有表演方式
它们在母亲怀里十分柔顺
它们在爱情面前十分亢奋

它们在工作时候特立独行
如今,它们已经厌倦伪装
生长只为证明时间的流速
像一棵青葱的枫树
经历了风的过场
有人说,明天阳光明媚
有人说,明晚寒夜将至
它只会将树叶抖落在脚底

我不想再接收人间嘈杂的信息
我决定收起这些混乱的天线
让推子和剪子粉碎它们的挣扎
那个美女理发师,前世也许
是个禅师,她手起刀落
所有的烦恼丝都皈依服法

我想保留一点它们初生的样子
待阳光穿透头皮温暖脑汁
那些最后的营养物质
足以让它们在春天发芽

发丝像喇叭花缠了往昔
风中集结不了一路狼烟
故事终将在发端结上茧子
直至童话像蝉沉进土里
我想,头发从未辜负过春天

从前那个少年不再关心头发
他把目光锁定河岸的柳丝
流水无暇顾及早樱的花语
惜花的人终究只闻花香
不谈悲喜

第一辑：季节的班次

阳光沸腾的秋日

秋日的暖阳里诸事不宜
只有轻轻合上双眼
用心感受细碎的阳光被撒进
草木萋萋的荒凉
秋天复苏成春的底片
枫红,菊黄,蟹肥
秋水长天,风吹稻香
高粱在燃烧中秋流浪的月光
只有落叶袒露了秋的邀约
牵手了半空的风沙
默许着下一个轮回
这样,枯木和落叶
就能在烈火中获得新生

如果没有连日的秋雨绵绵
谁也不会见到今天的阳光灿烂
如同树木暗沉后发霉的身体
才会开出朵朵鲜嫩的蘑菇
冬天叩门,在最好的季节
把思念晒在蓝天下蓄积种子
森林里那采蘑菇的小姑娘

有大把时光可以歌唱
当她在松针毯上舞蹈
阳光开始在她心窝沸腾
明净的目光赤裸裸地望着暖阳
她不知道,蘑菇汤好的时候
有一块碑立在了某个角落

老树的年轮模糊
明年春天它会在根部发芽
我们在勇敢地老去
如同种子开始沉睡
落叶追着风的影子
不敢踏碎这一程的阳光
它尝遍了世间所有的孤独
只为,自由在安卧大地深处

故乡的柿子

故乡以老著称。一根柱子撑着的房屋
不用犁田的牛,放弃警戒的狗
还有坐在墙根数着豆子的父亲和母亲

一颗柿子放大了浆果对血液的渴望
天空因为被鸟雀遗落的柿子而存在
这颗孤独的心让初冬有了一丝血色

屋檐上的青苔决定在初春复活
一些霜爬上那颗唯一的柿子
这一席雪白的薄被只能坚守这个冬季

和老乡烤火

铁皮炉子从墙角走到院坝
人们向火而坐。对它
有了太阳一般的尊重

一炉火掌握了巫师所有的密码
当血开始恢复温度
一些家长里短就发酵出了酒香

酒,不过是流动的火
还缺一些下酒的菜。比如
烤红薯或者一个少年的故事

银杏在风中絮语

黛玉选择在春天,荷锄葬花
银杏适合在秋天,埋葬爱情
风从远方来访,起风的时候
一株银杏专注地聆听
那串风铃细心地翻译

可风信中没有爱人的消息
迟到的太阳闪烁着金色的光
翻飞的叶像蝴蝶的群舞
缓缓划过头顶,轻轻落在掌心
空中抒写的诗行
敲击着银杏无悔的心音

银杏树早已为我心爱的姑娘
准备好了晚秋的惊喜
她正独坐在银杏树下
做着春光灿烂的梦
那梦在她脸上的
茸毛和眼睫间
忽隐忽现

有一枚银杏的叶片
停在姑娘耳边私语
她的爱人正在用白果煲汤
熬一个冬季,也许
可以温暖一个春天

春天的假想是一场穿越
穿越是一场时间的浩劫
一切只因为愿意入戏而欢喜
于是,世上便多了一种美叫作遗憾

当银杏的叶片染黄天地
所有的事情将会归一
所有的快乐都会从
一个名字开始
一棵树可以站成一片森林
当树上的蘑菇在春雨中成簇
我说,你的春秋我来过
但绝不道别

孤独的守夜人

夜晚是阳台最好的时光
那些衣物已经入橱
我开始在月光下晾晒自己
深秋风干了我骨肉丰腴的梦想
微凉,带来一份漂泊的惬意
花池的薄荷像我隔壁那个
清秀的少妇一样渐渐枯萎
阳台的合欢树安详地闭目养神
明天,它还要笑着面对太阳

孤独者乐于在寂寞中安住
就像有些花儿只在夜里绽放
一盏茶,一杯酒,一盒廉价的香烟
萍末的风穿越岁月的宁静
它们都只是孤独者的道具
如同掩饰眼泪和心疼的抽纸
有些眼泪从来不会出现在眼眶
却在心空的地方流了千万遍

我的独幕剧是卓别林的
无声电影,滑稽而有趣

人们在梦中沉浮，秋虫忙于生死
无伴奏的夜晚一片死寂
一声老者的咳嗽和婴儿的哭泣
让我迅速出戏

我空洞的眼神从夜空回游
看到月亮在酒杯里
凝成一只冰凉的眼睛
不远处，疾驶的车辆
压碎了水坑里的星星
他们要忙着赶到亮灯的地方
我在黑暗中摆弄着一颗夜明珠
我希望那微光能从我的瞳孔
辐射进千疮百孔的身体
一盏漏光的灯可以找到一些线索
去窥探远古的幽暗秘密

嘘，晚安，月亮亲吻脸颊时
会发出小鸟一样的声音
它的脸上似乎住着一片森林
那封来自北极村的信该到了
我得潜入更幽深的黑洞
去数心跳的声音

来自北极村的密信

北极村单纯而清净的风光
容易给人蔚蓝色的遐想
林海雪原上盛开的一朵朵
洁白的蘑菇房面朝阳光
静水深流的牡丹江里
有一条溯源回游的红尾鱼
千转百折也要重回它的故乡

如果姑娘你像因纽特人一样
给我寄来一条写满细鳞的鱼
我就能读懂你游过的每一片海
但你用雪花将絮语写在冰上
还偏要把一颗滚烫的心
一同塞进那晶莹的信笺里
以至于驯鹿也后退了一步
它要为雪花让出整个春天

恋爱广场的白杨,人为地围成心形
婆娑的树枝散发着清香的影子
北极村上演着一场浴火重生的倔强
姑娘你像第一次公民选举时一样

庄严地将信喂到绿色邮筒的嘴里
你一边摸着它倔强而冰冷的头
一边祈盼邮差一定要在晨光前到来

一封永远失联的信就这样
乘着北极的风奔赴南方
当季风从一个冬天
走到另一个冬天，你在炉火边
撕开了内心储藏了四个季节的秘密
我说，那封信也许急于长出翅膀
它南归的时候误入了天涯海角
也许它的一片冰心早已融化
你看，你眼角的泪就是秘语的文字
晶莹的泪花惊起冰山的幽兰远梦
结束了这山高水远的流浪

这个冬天和你聊下无聊

一、坐风

一定要宽袍大袖
才能装满北极融雪的声音
我坐在风中
听一截树枝告别
那些鸟儿站过的地方

数着老树的年轮
甚至剥开干裂的树皮
想看透隐藏的绿意
终究,风会掀开
树芽的襁褓
而我只会沉沦在年轮中
吐出最后一个气泡

二、饮雪

如果不是对这个世界
感到饥渴
我一定不会咽下

这些抱团取暖的雪

在空虚的腹中
雪会融进我的血液
当它流进我的脑海
我的思想开始纯洁
一叶白色的帆
向忘川漂去

三、望冰

昨晚遗在窗台的茶杯
装满了绿色的冰
茶叶保留了舞蹈的姿势
期待在我眼中复活

我在雅垄冰川中
抵御着致命的诱惑
昨天我洗净了身心
这样才可以
安心躺进这口冰棺

第二辑：漫无边际的思考

蝴　蝶

春天所有的歌谣
都敌不过一声鸟鸣
百花丛中过
有一片叶子在胸口
搭成了凉篷
最美的蝴蝶停在你的脑后
一个蝴蝶结就拴牢了
整个春天的花朵
花与花之间并没有语言
只有微风在吹
它送来疑问却不见答案
又或是答非所问

蝴蝶尽力地张开双臂拥抱蓝天
却无法让翅膀上的纹路
说出飞翔的宿命
最终决定沦陷于蝴蝶的花事
只管飞翔。舞动残余的春天

我想，蝴蝶终会产卵一树
红色的相思豆

在你我分别的黄昏
从亚马逊带来一阵飓风

第二辑：漫无边际的思考

跨 年

我在屏幕上敲击着跨年
这个词的最后一个字母
只等零点的钟声响起
它就定格在手指划过键盘的瞬间

仪式，颁布了身体的律法
心甘情愿成为时间的奴隶
以为撕下最后一张日历
揉碎，向远方抛去
就把 2020 丢在了背后

可这不是结束
牛的瞳孔里正在放映着
一部年度大片，我不知道一只老鼠
是如何失去一条腿，如何痊愈
又是如何在饥荒的年头存活
我分明看到一只三条腿的老鼠
以猛虎般的身姿
越过金黄色的黎明

后背还在发凉，前胸早已温热
掩上门，关闭一屋子的暗黑

我要从石头中取出一盏灯
我用坚凿一点点将黑暗敲碎
用双手捧起火星与艾绒
将它们安放在有羊群、溪流
遍地花开的草地
以及简陋到只允许盛开
白雪与鸢尾的坟堆旁

时间开始融化成一滩凌汛
水带着沙不知疲倦地奔涌
沙的使命是与河一起流浪
或许，只有太阳才能
提纯那些裹携污物的液体

姑娘拧紧了发条
用一杯啤酒点燃青春
她在学着母亲
准备为未来做一些牺牲
毕竟，跨年以后
除了雪花会开败以外
那万千的花种都会次第打开

我的坚硬像冰雕一样精致
点亮或者融化都与柔软有关
跨年的时候，没有黑暗
可以关住孩子们柔软的梦

当我的脚还在门槛踟蹰
他们已经冲向明天
我得赶紧出门给他们照亮
天光微曦的时候
我融化的水汽蒸腾入云
一定会和太阳撞个满怀

乌鸦与狗

残雪为大地留白
一只乌鸦就进了
八大山人的法眼
乌鸦说了一辈子实话
它曾经看到喜鹊偷食了
地里的麦种,精气十足地
在农夫的窗棂上报喜
农夫总会撒了一把秕谷
给予那些声音一些奖励

乌鸦知道人们会讨厌
嘶哑的嗓子喋喋不休
乌鸦决定止语
在残留柿子的树上
身披黑氅进入禅定

一条失语的老狗
从墙角走向雪地
它很久没有听到
乌鸦熟悉的音调

它以为自己已经失聪
老狗在雪地里坐化
它终究没有等到
立春宣布春天的到来

陪银杏等雪

初冬的风雨夹枪带棍
一株古老的银杏
解甲归田
纷飞的叶带着阳光的吻痕
它们要用优雅的告别去安慰
那些绝望与灰暗的色彩

如果初雪是岁月的最后一站
银杏也要带着冬的凛冽
去打开春天的车门
一张车票，就可以
从昂然翠绿到层林尽染
从青春纯华到一叶风流
待沧桑历满清眸，还是会怀念
那段摇曳成风铃的时光

时间只有在
噩梦里，才会
支离破碎
就像这一年的时光
又快又慢，钝刀

割开最后的皮肉
看着厚厚的台历
不忍撕下最后的几张

我必须交代我在成都
这座城市的集体幽默
已经浸润了太多的
烟火气息
这种幽默
遇冷则冷
遇黑即黑

此刻又冷又黑
我站在阳台
点燃一支香烟
引爆了楼宇间禁闭
已久的歌声
惊魂未定的飞翔
结局注定是死亡

只是我凝视着星空的时候
隐约看到漫天飞雪
埋葬了一片片银杏叶
那是泥土发出的讯函

第三辑：我是佛系青年

在一叶菩提上舞蹈

苦咸的青海湖装满一颗月亮的眼泪
牧羊人不在的时候,羊群自由生长
雪域之王像行吟歌手一样在湖边流浪
他只有离开人头攒动的布达拉宫
众生才会从朝圣的路上来到他的身旁
他不知道米吉拉准做了别人的新娘

结婚,生子,直到白发苍苍
她终究看不到拉萨街头以她命名的酒馆
迷恋她的青年一念闪转卷走了地老天荒

林芝河谷的桃花放纵地开放
蜜蜂满足了她们对异性的所有欲望
吃过蜜桃的姑娘开始春心荡漾
野草疯长,在夏夜的星空顺从地倒伏

那些高亢的欢吟抖动一场雪崩
一只蝴蝶在轻嗅格桑花,花瓣上刻录着
昨天那只乌鸦说过的黑话和喜鹊的歌唱
阿妈含混的经咒在山谷回响
她对生活的态度填进了即将熄灭的火塘

结阵的秃鹫在空中焦急地盘旋
它们在等待午时三刻的一场天葬
新生和死亡在同一时间发生
隔壁的老妇和少女即将躺在同一个地方

一些云从雪山流过,风马旗在猎猎作响
土拨鼠双手合十,太阳是它朝拜的方向
冈仁波齐记起海洋是它出生的家乡
万物生长,世间也从未改变模样
但我还是选择了像仓央嘉措一样流浪

第三辑:我是佛系青年

记得朝霞吻过格桑花

题记:

麦芒说,他在麦子成熟的时候告别,
从麦子吐穗时,
他就开始了脆弱的保护。

枯木说,当我把生命交还给大地时,
不管是一枝野花,还是一棵菌子,
都是我重生的样子。

傻子说,我从她的"眼窝"沦陷,
我在她的"酒窝"沉迷,
最后,我驻守在她的"肩窝",
那已经是我与她最近的距离。

至于那不可企及的"心窝",
就让它装满蓝天白云、月明星稀,
如果有一粒种子发芽,
它一定会向上生长。

眉黛静卧，轻揽眼窝入怀
双眸闪现着格桑花的芬芳
四目相对时便会双双落入深潭
一条鱼随着眼波游动
它在风花雪月中慢慢老去
岸上的人独坐在河边
整理着春天的骸骨
他要把这雕刻成春天的蝴蝶
即使在烟熏火燎的人间
也能张开双臂拥抱命运的深蓝

他是泥土，她是花朵
扎根是找到了前世的家
每一朵格桑花都在歌唱
她们在两情相悦中打开了自己
蜜蜂会微醺在她的酒窝
酿了三分酒，有了七分醉
那酒窝氤氲了沉醉
他们同时爱上了朴素的朝霞与落日
也爱上了骨头里苍茫的草原
花，婉拒了果的未来
终于，他们在花海里疯狂地犯错

九月将尽，秋雨试图捡拾夏日的荣光
冬天静默地等待冰封一切的心跳
一段枯枝被落叶温柔拥抱

残骸里的温润仍会让我泪湿眼眶
这世上总有些不能言说的爱
像两把脆弱的锁,轻扣在你的肩窝
把青春和秘密一同锁住
我有解锁的密钥,但我宁愿
永远被封印在你的肩窝
那儿,是离心更近的地方

春天，我该构造一些美好

迎春花都已打开大门
我不该坐在角落躲开风信
阳光会点燃一把老骨头

就像梨花霸占冬眠刚醒的树枝
红杏羞涩地从墙角探出头来
麦苗复制着连片的绿色希望
就连活不到冬天的蝉
也在准备歌唱夏季的精壮血脉

柳树在河边风情万种
给选美的花搭好舞台的帷幕
那两条猥琐的狗在谈情说爱
油菜花可以给一万个疯狂的理由
用酒给全身骨架灌上润滑油
双脚踩在地上就可以涡轮增压
等风等你不如走向春天

新冠病毒退到黑暗的角落
鸽子叼走了那些上膛的子弹
苏丹的老鹰飞离了饥饿的女孩

世界正在满心欢喜地接受阳光洗礼
目光所及都是大海高山和蓝天
骏马驰骋的草原与吐露芬芳的大地
春暖花开应该构造一些美好

走过都江堰

一条江在紫坪铺歇脚
转眼就被李冰兵分两路
我错过了灵岩山上的银杏
我想复盘袁师在此的游戏
直到饮下一掬江水
身心返朴成了雪山
我更愿意煮一壶茶
陪着早春的夕阳落入空山

我知道一只鸟的羽毛
和一棵树的叶片等量齐观
它们在雨水节前都会停止生长
正如岷江的水可以冻伤灯红酒绿
我曾像一只豪猪一样
竖起了满身的箭刺刺向虚空
我无法穿透一朵樱花的柔软
直到我装作温顺如兔的样子
学会咀嚼带雨的梨花与海棠
学会与东坡心中的小恶魔
相视一笑

在灵岩山修一条心路

楼下就是贰麻酒馆
钱包里的钱足以买醉
那么,一杯茶是否荒诞
可我已经沉醉在东风
花田里的花粉全面抗敏
我采粉还能酿蜜吗
素净的酒店里没有蜘蛛
我的情绪却开始结网
坐镇中军谋杀自己

去年驰马的山岭
李花开得依然繁盛
我不在,李花也寂寞
在床上辗转反侧
如果床单是一片群山
我已经碾出了一条心路

回到灵岩山

从四姑娘山飞来的雪花怎么能拥抱温暖呀
回到人间就流浪成雨,在灵岩山上的
好人石落脚,就开满了雨花
两株银杏正在等待生命的高光时刻
一朵朵金色的蝴蝶将会在秋风中翩跹
雨后如果有彩虹,我会将它作为献给
大地的花环,如果没有,那我赶紧播种

我说我要拜访南怀瑾,他是灵岩山的钥匙
我由此打开三教之门,断了自己后路
心念一动,大地有情,抖了抖肩说好
山上的莲花就打开了蓓蕾
连续三年未曾爽约,如同我三世的应允
山上的树木肃穆,我知道它们会忍俊不禁
当它们疯笑的时候,我在岩洞正襟危坐

黑风洞的幽冥亮出了光
我从观音泉舀水,借光烹茶
挤过鸡犬之声,蚂蚁说话很吵
耳朵里的梵音炊烟袅袅
伫立在雨中,雨丝如经我如纬

织就三世的梦幻，维摩诘大笑三声
我亦用家乡的土腔大笑三声
人们很忙，回声录进灵岩，它会听

千年石佛迹模糊，只有时间的深痕
我拜下去，石头就在心头复活
那多事的袁焕仙，止语，还写什么应答
凡扰你者皆是魔，你却要让魔转过身去
回望灵岩圣灯，一念千年，一念成佛
当你动心你就输了，当你认输你就赢了
我在念起念灭间，不输不赢

洗 澡

以为，可以
像雪山上古老的民族
一生只需沐浴两次"圣水"
一次让身体洁白如雪
一次让灵魂轻盈如云

冈仁波齐用万年守护一个秘密
日照金山是解码的密钥
一路的长头记录了细胞的变迁
放浪的生命里还有那串
未曾摇响的
加德满都的风铃
 从雪窟释放的灵魂在世间游舞
我和钢筋水泥一起种在城市
我们长得越来越坚实。只是
故乡，和蓝天一样遥远

我在窗明几净的办公室
看世界慢慢浑浊如我昏花的眼
逆风而行，我叩开季节的大门
把寒冷和荒芜扔给冬天

一朵不合时宜的喇叭花
用孤芳自赏的方式吹响号角
江湖中的游泳有暗礁和漩涡
上岸，沙滩上留下血迹斑斑
倒悬身子。呛进腹腔的水
有泥浆和腐鱼的味道
一粒莲子
也在我迷乱的时候
乘虚而入

水温是一场冷热水的博弈
我要努力调和它们的关系
热水的前生是冷水
热水的来世也是冷水
这是冷水最大的悲剧
我在嘀嗒的水滴声计量时间
一腔血在时间的炉中煮沸

洗澡应该是一件很性感的事
必须拒绝沐浴液的骚扰
当所有的污垢
从皮肤的表面退却

反而透明到
让内脏的污秽
一览无余

那就将五脏六腑
彻底清洗
尤其是对心,不可大意
我的脑浆和血液
正在安静地等待。它们
企图滋养心田上那颗
唯一的莲子
发芽

第三辑:我是佛系青年

止 雪

今年成都最早的雪
下在屏幕里的长春
时空交替的对白迷乱
扶风的芦苇在初冬楚楚动人

西岭雪山阳光明媚
杜甫的草堂酝酿着雪的温情
素白是一份奢华的理想
成都人开始了对雪的遐想
大雁离别后的天空
云层少了几分灵性
河畔的杨柳枝
摇颤着春水放浪的声音
白云苍狗无心,季节有风
有雪,还有柳叶青青

濒临绝望的我也期待着用
一场雪粉饰污迹斑斑的人生
好对远方的姑娘说,闭眼
你就可以看到我的一片冰心

所有甜蜜的背后都
藏有锋利的刀刃
寒风问询前照例安排了
三个迷惑性的天晴

我在阳光里嗅到
凌厉的雪信，所以，当
人们在太阳下狂欢
我在洞里煮茶称病

炉灶撕开胸膛吐出的火焰
舔舐着血液蓝色的可燃冰
时间的光怪陆离相继焚烧
真相成了一堆白色的灰烬
雪终于如约而至
亮出了纯洁的六棱冰刃
我给她看了我
衣服下的累累伤痕
当雪彻底收割了大地
我枯立的样子比柿树还凋零
肉身在岁月中蹉跎成粉，将
影子，留给一面苍白的镜

有人瑟缩着向洞里烤火
我匆忙去抱柴燃薪
如果热力不够，那我就

析骨为柴,或做火炬一柄
我的冬天即使没有炉火
没有棉袄,也不会寒冷
因为北回归线上的阳光
已经穿过我老旧的窗棂

拥抱一棵春天的树

春风解冻了遥远的冰川
落日与江河并肩而行
河水梳过我的手指
那万种柔情寒气逼人
今夜,河水要与月光相拥而泣

一只喜鹊在树梢传递着
丛林深处危险的信息
乌鸦在诅咒声中逐渐绝迹
它们已化妆成燕子的模样
用尾翼剪开了一匹马的缰绳
惊蛰之后,一切都会疯狂生长
像极了一棵裸奔的树

这个春节被阳光撩拨得
不知所措,幸好
一场春雨及时赶到
拦腰斩断了嫩叶与暮色
擦出的火花,那悸动的声音
冒着温热的气息

春在柳荫里痴笑

杜达埃尔沙漠住满了天使
你的眼睛像天际穹顶的星子
闪烁着天国的晶莹
那是生命树叶片上跳舞的水滴
漫漫长夜从一颗流星开始
你在阿尔蒙山西边吟诵着祷文
仿佛一场温柔的呓语
让我忘了何时睡去

春风沉醉的每个清晨
我会在梦中躺进柳荫痴笑
冬眠的多巴胺在雨水季醒来
我微笑着等云朵一点点走远
等一只飞鸟嫁给天空
等太阳为她的浪漫盖上红印

鸟儿的鸣叫会轻易扰乱春心
还有河畔那位赤脚戏水的姑娘
说你是我喜欢的那首歌
只因我是一支沉默已久的箫
剩下的时光，我要学会

听这溪流与雪山的回响
夜还是静悄悄地演奏天籁
拥在怀里的不是静谧
是从河岸漫过的波涛

你和春天一样温柔而霸蛮
不知不觉,就占领了
春风到达的所有空间
甚至那隐秘的角落
一剪梅从冒出绿芽开始
就在听雨酝酿一冬的故事
它也许等不到下个冬天
陪它的爱人暗香浮动
至少在春天
它惊艳了过路的风
和路过的人

不知是浪漫加快了春天的脚步
还是春天自带温柔的气息
河边的柳丝将乐谱挂满天空
只有燕子可以弹奏春天的乐曲
月光已和我作伴多年
自然不会留恋我的昨天
如果我血压和血糖突然升高
我将向神毫不犹豫地指证
是你认真时犯下的过错

我会固执地顶了你的罪行
将自己囚禁在下一个冬季
在时间的沙漏里选择一个片段
用一生的蜜汁包裹白色的砂粒
这样，我们就可以
在时间的河床里相遇

四季心经

题记：如果要说"色即是空"，最好的比喻莫若季节的变幻。四季如画，写意了春的蓬勃、夏的热烈、秋的成熟以及冬的深沉。出于对美好的期待，我会从冬天走向秋天，做麦田最忠实的守望者，收藏好每一滴熟透的眼泪。春华秋实，有料；秋收冬藏，无心。

地火结冰的冬

一棵古早的龙爪槐
来不及拥抱雪的温暖
就被风剥去了金黄的叶衣
扭曲的虬枝像极了
地火结冰时的倔强
我朝着有你的方向，奔跑
不管阳光的来路
风雨从来不会失陪
空气坚硬、砾石粗糙
脚印正在被荒草掩埋
冷雨冲洗过的泪眼
成像十分模糊

前路在苦寒的尽头
我干脆站在路口

等风把一粒草籽
送入我的口中
它从寒冷中出发
又在雪地上安家

熬过冬季,它就能
长出一丛新绿
就能抵挡住肆虐的风沙
而我已看淡了所有的季节

花粉过敏的春

听惯了风言风语
便不会在意又有什么花开
正是天地的作合
才有了人间的风情万种
我在富氧的森林中裸睡
鼾声像一阵翻错日历的春雷
春天从溪流的源头中涌出
我在岸边梳妆柳丝
看桃花长满你的双颊

午后阳光与云层的变脸
也许是风导演的戏剧
我的脸红透浅皱的脸
只能把红酒泼洒

在柔软的月光里
这样,我那城堡里的天使
就有了微醺的醉意

青翠的麦苗会追随阳光的足迹
当春风轻悄悄地吻向麦花
娇羞的脸庞打上晨曦的红印
流动着的雪白的乳汁
应当是从结冰的火山涌出
听说蜜蜂也在这里集结
听说春天的颜料已被偷运
听说有人在春天没了心情
听说你的春天,也有人来过

我试图打破这种宁静
打个水漂,转身
便荡起层层涟漪
千万不要拥吻镜中花
晚霜已浸湿了宿梦
而我也习惯了
无疾而终的枯萎

体香馥郁的夏

布谷鸟布道过的田野
狮子座的流星从上面划过

灼热地炙烤着半生的思念
一些灌浆的水稻
展开忧伤的力度
某个喷香的早餐时光
不知能否让你口舌生香
诺言在树脂杯中逐渐成形
树林里的蝉鸣会止于盛夏
面向浮沉,背后也许就是彩虹
阳光大道上的阳焰如海市升起

我与一只百灵的对白
只为训练与你说话
盛夏的风喜欢踏过青草
爬过山坡,涉过河流
去偷窥夕阳进入洞房时
腼腆的脸庞
我捣碎了盛夏的果实
你在,就制成果酱
不在,那就酿酒
满坛的陈酿泛起荷香
有些甜味会让我猝不及防
河岸的萤火虫
是从天空流浪下地的星
我要趁着点点星光
向你的帐篷靠近

人迹罕至的秋

被风灌醉的金黄
和一肚子潮湿的情绪
都在等待阳光收割
有人会更喜欢秋谷
低头思考时的模样
那是成熟后谦逊的姿态
如果还带有一点锋芒
那就是基因中仅剩的
血性的刚强

真实比虚幻更加荒诞
我喜欢有想象力的写实故事
盛宴收割了满目疮痍的大地
那些种子释放得那么饱满
收敛得那么干脆，仿佛
已做好干枯或是淹没的准备
我笑纳了它们，明年春天的种子
如果我不能亲自到田野播种
阵阵秋风也会替我完成心愿

我会出现在你梦中的金黄大地
继续做那片麦田最孤独的守望者
细心的农夫，不会错过
每一滴熟透的眼泪

那些横渡冬疮秋疤结痂的绝美
是无论经历多少腥风血雨
也破不开的秘密

粉碎的四季必将愈合

即使对四季都产生了抗体
唯独对花粉过敏
我说,应无所住生其心
即使已经游过大江大河
唯独会被一滴眼泪淹死

香雪兰

四处游荡的风
在一枝面包树上驻足，于是
全世界开始流传你的馨香
味蕾打开了万千花蕊
收罗风信成为暧昧的色谱
原以为我会百毒不侵
却唯独对你上瘾
一滴，就足以忘却人间百事

时光的巷口灯光昏暗
走过的旧人，支离破碎
多少玫瑰已碾作尘泥
唯有初识的香芬，记忆犹新
如果你在道观的净瓶里流芳
我愿化作河岸盛开的水仙
守候在你必经的路旁

春风举着桃李的焰火
却没能诱化你藏身的积雪
也许暖阳会唤醒你清浅的梦境
梦已花开，初果细绒护身

透过时间的罅隙
暗香盈袖,软语依旧
新鲜的味道在浓郁里散开
我将用一生学会呼吸

等夜来

我等着太阳下山
太阳死去的时候
月亮就开始复活
太阳从不对人间挑三拣四
那回光返照的晚霞
也足以让世界张灯结彩

我等着太阳下山
泡一壶茶或倒一杯酒
都和星光没有关系
我只要月亮从东山升起
这样,逆着光
也许就能看到海市蜃楼

我等着太阳下山
我的钓钩已经布局很久
直到半月洒下的柔光
淹死在小溪里
而后活成一条满溪的鱼
甲片四散,波光粼粼

等梦醒

原谅我已经老年痴呆
在我记忆的残片里
父母比我还要年轻
我甚至羞于在梦中
叫他们爸爸妈妈
我拈着一蓬花白的胡须
祝福父母万古长青

谁不曾是一个孩子呢
那时麦穗正顶着金色的芒
嫩豌豆也灌满了汁
我横卧在麦田里
任夕阳燃烧着胸膛
如今，我试着裸睡一晚
早上醒来也未见到
一张儿时绘制的地图

听说人类都会有爱情
我走过一片花田，完美

错过，片叶未曾沾襟

我只在春天遇见两只
拌嘴的喜鹊从树梢
跌到地面，一片肃穆
人类不要企图进入伊甸园
即便你只是一棵开花的树
上帝也不喜欢你结的果

我要守住一个垂暮的梦
即便杂树满园、芳草萋萋
我知道，有一颗种子终会发芽
它的根其实扎在心底
冬去春来，花落花开
等梦醒来，果核落地
只有泥土会和它一生亲近

雨是冰刃消融的血

雨从极北的寒地纵马南下
那些冰刃割出的血渍
像油彩一样泼向漏风的窗
世界在这残破的画框中定型
超现实主义的魔幻与
印象派的疯狂都蒙上了灰尘
罗丹的雕像在孤独地思考

我在窗前和自己对弈
命运在棋盘里举棋未定
我知道终场必定不输不赢
前半生的光阴我早已打点完毕
一夜东风后落英满地
天空不会记得雨水的足迹

一只飞鸟在夜雨中穿行
翅膀扇起的音符
最终敲打在关紧的窗户
我以为它是黑暗的遗孤
可我分明听见合欢树上
发出的几声欢快鸣叫

是那么心安理得
我刚才还生怕它
从窗户的陷阱堕落
可我竟然忘记了它扇动的翅膀
没有了避雨的屋檐
它还能扑腾着翅膀拥抱明天

我的眼神在雨夜中游走
洇湿的灯光也多了几分温柔
那夜的窗户我未曾关闭
一星眸光就能点燃焰火
燃遍云霞,等你披着霞而来
在这数着心跳读秒的时间
我剪束起一丛雨丝
那些冰刃消融的血
在杯子中沸腾着几片茶叶
茶叶的宿命交给了水
水在参与血液的使命
而我只负责
观摩它们的一生

第三辑:我是佛系青年

初夏雨渐淅沥

从杜甫的床头屋漏开始
成都的雨就习惯了夜生活

初春的风雨流落一地残红
清晨的阳光自会收拾局面
那些肉色的光焰
安静地点燃西岭雪山的彩虹

午后的雨像是要唤醒初夏
它们在城市森林里抚琴奏乐
也在石头上开花
雨飘逸的发丝间隙里
风是柔软而无法阻挡的
如同擦身而过的女子
在空气里留下的迷迭香氛

我有一座心房已经老旧
门前的树桩布满年轮
思绪的蘑菇在雨后疯长
树根上冒出几颗兴奋的芽
我就站在它们的旁边
听着它们无拘无束的欢笑

仿佛过了夏天它们就会长大

渴饮雨水的树芽
每一个细胞都快涨破
当蜜汁喷发的时候
休眠的火山也会醒来
老树想暂时忘掉明天
于是，便恿恿满地的
半枝莲疯狂开花

对于新鲜事物
遗忘总比接受来得快
为了迎接初夏的拜访
我竖直的头发沐雨怒放
一场雨洗不净灵魂
至少，可以洗净满身红尘
到了秋天就可以
收获一个素人

夏日的雨
会被太阳请回天空
我必须到淤泥深处
拾起一颗小小的星星
然后用心血将它洗尽
紧紧地捧在手心
生怕它会滑落
向更深的地方

在洞中度过春宵

暮春敲响初夏的门
一只蝉在树的命门中涌动
我准备回到远古的山洞
从大地的产道中重生
我把这天定义为生日
心中有着回望祭日的庄严
半轮月亮从云层中诞生
那是瞳孔里溢出的一池秋水
一些星星在密谋一场
狂欢的流星雨
还有流淌的时间
星河般的日子,潮水般涌来
它要把桃红柳绿的诱惑
融成心情一样变幻的色彩

蔷薇和老虎相继入眠
迷失在森林的小鹿
已学会救赎孤独
它轻快地绕过多肉植物
独自在风中起舞
无论今夜是否会遇到女巫

它依旧做童话里的公主
私自收藏着细微的幸福

我静静地闭上眼睛
听着那些野生的声音
——风从洞穴穿过
树叶在枝头摇晃

黑胶唱片般的声波里
沸腾着一杯黑咖啡

我会在山洞里安睡
温柔地怀抱着一颗
在秋天发芽的种子
它拒绝开花、结果
它有自己的命运图谱
虚幻可以抵达真实的囟门
就如同纱笼可以挽救
一只扑火的飞蛾

第四辑：风从故乡来

回乡偶记

怀璧夜归无人知,
邻舍犬吠万物寂。
梦里不待黄粱熟,
老屋孤灯犹如昔。
烈士暮年尚壮志,
少年岂能颂黍离。
呦呦鹿鸣食野苹,
晨鸡一唤分天地。

清平乐·点燃火把

云冷山寒,
遥见草庐烟。
出走故园三十年,
漫随惊涛拍岸。
三汇镇上白塔,
见证半生芳华。
点燃擎天火把,
谁说四海为家?

三汇镇

州河应该是父亲吧
粗犷,豪放,皮肤黝黑
那么巴河呢
清丽,婉约,一定是母亲哟
他们在三汇镇约会
生下一个孩子叫渠江

有一条龙就从江边的协兴场游到了海里
爱热闹的江水每年都要到向阳门赶场
如同在河对岸中学读书的孩子
每到周末都要偷跑到镇上一般

三角寨的战鼓成为传说
板凳蛮的舞蹈还在飞跃
巴人豪爽,濛山酒已被喝光
但他们为什么却对醋情有独钟
白塔上已长满荒草

远望就如上天扔下的一支毛笔
在江水中写满了孤独与凄凉
潮流向前,我们都顺江流走

只留下一年一度的彩亭和
父亲爱吃的心肺汤圆
至于那凉粉锅盔和油炸果子
带到成都时已经如同我心冰凉

第四辑：风从故乡来

三汇,我心痛的方向

脚步向着故乡才会沉重
秋池春水随着情绪上涨
岁月从流星里收割生命
河流在牧童笛声中自由地流淌
一千年巴山夜雨洗出清明
故乡奖赏了我一江阳光
必须在夜色中翻阅历史
每一根肋骨记载一段时光
牛奶尖写下的青春在白腊坪喘息
文峰塔和向阳门在老照片堆中泛黄
一杯酒向天,一杯酒向地
还有一杯酒狂欢着步履踉跄
对影成三人的画意写满孤独
那么三条江河又能盛下多少苍茫
文字是心尖挤出的血滴
家乡这张故纸写满了流浪
河水用普通话向海洋奔涌
哭的笑的咸的泪穿过通用的雨巷
我在夜幕中飘过三汇古镇
每一盏灯光都是血脉相连的宝藏
我生在这个地方,却是为了离别
这就是为什么坟头向着故乡

达州，乡与乡愁

以前
我以为达是到达
当我挤上襄渝铁路
误认他乡是故乡的时候
我发现自己只是
一个叛逆期的孩子

那大巴山是我结实的身躯
那雄浑奔腾的州河是我的动脉
那静静流淌的巴河是我的静脉
而我，只是你的一粒种子
像蒲公英一样流落异乡

后来
我以为达是达人
当我足迹遍布四方
以普通话替代方言的时候
我发现自己已是
一个油腻的中年汉子
那凤凰山是我起飞的巢穴
那浓浓的乡音是我灵魂的符号

那故乡的美食是我思念的源头
而我，还是你的一个孩子
在梦中我会呼喊你——我的母亲
达州，你我的达州
达州，我唯一的故乡
出发与回归
用思乡的绳线牵引
画个圆，你是始终的圆心

过故乡不入

雨中，流浪的狗
抖落身上的寒湿
在屋檐下
打量陌生的来客
房屋露出锈黑的脊梁
故乡只剩一根拐杖
在苦苦支撑
老牛不再耕作
荒草占领了山梁
野鸡在草丛歌唱
炊烟稀疏
讲古的老人胡须飘零

我驱车穿过荒原
老屋的影子就在眼前
加一脚油门
车轮碾碎老早的记忆
碎片如万花筒美丽
所有人都在版图里流浪
所有人都注定会客死他乡
思想飘浮在空洞的天际

他乡冰冷如禁瓶
灵魂无处安放
回望,肉身膨胀了欲望
故乡再也容不下一寸肌肤

故乡回春

满山满坡的荒草
被春风染绿
麦苗成了弱势群体
老人们在墙根回忆冬天
含混不清的话屡屡重复

一条狗跑来跑去
不知所措

春天的太阳邀花作伴
温暖掩盖了它的热烈
当白云住在柳梢
喧闹的花也会安静下来
我倚坐在太阳底下
阳光穿透了我苍白的灵魂
我木僵的脸有了血液的颜色
随即显出了黄种人的本色
最后,他坚持要将
我的脸变成黑色的土地

大地以七彩向蓝天献礼
我想放一只风筝
向太阳致敬
我会给它悄悄叮咛
你一定要把夏天的热情
定期储蓄到寒冷的冬季
那么，与子同袍的人们
就不用裹紧他们的寒衣

对父母的想念在某个驿站

题记：父母在，不远游，游必有方。游子辞家30年，在人生驿站，庆幸尚有归处。

想念父亲

在冬天烤火的时候
冬眠的细胞总会生起
一些妄想的枝芽
任何一个精壮的男子
都希望和父亲一起喝酒聊天
父亲已经走向垂暮之年
这样的想法无疑是一种妄念

父亲一辈子都在修桥补路
他羡慕城市的生活
他最终却没有走出故乡
未来，他也会成为土地本身
想念父亲，不过是
想念故乡的一个借口

想念母亲

天下的母亲都有一个标配
那是关于爱的 5G 直达
那是不需要密码的 WiFi 连接
那是你无论走到天涯海角
都只能住在她心中的倔强
母亲一辈子都在为你烧火做饭
哪怕它成为炉膛里
最后的一根柴火

母亲的絮絮叨叨
只为了串联你和她的陈年往事
母亲的脚走过了乡村所有的田埂
她不习惯城市里坚硬的柏油马路
谷花开放的时候
杜鹃呼唤她回家
她重建了被火烧过的老屋
她在老屋的四周种上花草
当我在春天踏青的时候
我想那应该是我可以去到的地方

第五辑：梦里不知身是客

甲居藏寨

从西夏到吐蕃
流亡的契丹子民
在香巴拉停驻了脚步
留下了东女国的传说
我将流浪的身体,安放
在这个神仙居住的地方
当祝酒歌响起的时候
藏寨与羌碉不再违和

大渡河畔高高的山岗
錾子一样镌刻了石寨的春秋
一段段云雾缭绕的故事
在炊烟里缓缓诉说
雪水切割了漫卷峡谷
斑驳的泥浪咆哮向前
从高山到大海
缘自一滴水的启示
生命向后,终究归于清澈

当母系氏族的血缘权杖

从大唐记忆里隐退
遗失在岁月深处的
东女国脸上遍布高原红
洪水过后的土地
长满了儿孙们的粮食
没有文字，没有礼乐
只有男人酒后的臆想
让悲伤延续了千年
海子里的水泼洒向天空
蓝色的画板底色柔软
云朵向蓝天致敬
云母石在地下发出光彩
开出了白莲的花瓣
青稞与小麦一样，皮肤金黄
月季和格桑花一同激情绽放
细雨洒落，秀色可餐
赶紧按下双眼的快门

夜的韵律总是柔情似水
却又大雨滂沱
像极了生命生长的声音
溶在嘴里的甜美
胜过任何琼浆玉液
心醉的速度胜过一饮而尽
我醒得很早

或者说，一宿未眠
我要准时把好黎明的风
待晨光穿过雪山
好将一腔山歌
吼上甲居高高的山冈

冈仁波齐,我的家

不要去拉萨
不要去布达拉
告别天葬台上的喇嘛
带着我骨灰做的擦擦
念着六字大明咒
就能看到云彩堆绣的唐卡

不要有牵挂
不要管坛城砂
只需牵着疲惫的老马
带着我骨灰做的擦擦
跟随心中那缕光
就能见到菩提伽叶的晚霞

不要撒龙达
不要种格桑花
只要背上糌粑和奶茶
带着我骨灰做的擦擦
无论走哪个方向
都能回到冈仁波齐的老家

九华山的月晕

山的身体都藏在地底
露出的险峻只是
为了更能接近月亮
我在深夜抵达九华山脚
半个月亮在云端掩映
星星像苔米一样吐露芳华
从傍晚到午夜跋涉的路
与新罗王子从异域山川
的心愿一样长远

一朵花在石头缝中开放
石头也到了绽放成花的时节
月亮孤独，愿力宏大
一己之力在酷热中
清凉银辉遍洒
我像一株乔木植根在
金乔觉结庐的地方
深厚的脚印也会在
千年后被考古发掘

在别人的家乡入秋

约了白月光在初秋与李白对酌
雷电在夏末灼热里炸开一道口子
柏油路和稻野同时泛起浪花
人们便紧张慌乱得有了春的心跳
四季流转,我对秋收冬藏的理解
和一夜间熟透的漫山遍野有关
房梁上金黄的玉米串探出秋的触角
阳光味道的新米饭像极了饥饿的爱情

我光着膀子穿梭在玉米地间
带着锯齿的叶片,痛痕明显
唤醒我对故乡和少年的记忆
剥开玉米的外衣,眼睛有光
它们的丰腴让我青春勃发
我赤脚走过依然谦虚的稻田
在松软的田埂上有风来袭
被暴雨
按下头的水稻粒粒饱满
太阳一唤就挺起了骄傲的胸脯

2020 秋驻宜宾

在这个城市
长江流的是 52 度的水
我决定保持清醒

风携雨露带酒香
一呼吸就醉卧夜色
世间不见酒醉人
我走向历史深处
握手了世间醉酒人

苏轼在这丹山碧水
掂量一杯酒的沉重
便轻薄了身后名
流杯池边的黄庭坚
自我流放了一池酒液

我微醺在异乡的清凉
竟然不争气地
想起渠县陶罐里温热的咂酒
宜宾虽好
终究是客

山居笔记之雨居赤水

我要冬眠了
人们开始采购年货
开始在年关前翻腾存钱罐
我要冬眠了。也许还能见到
春天的桃花,听到夏天的蝉鸣

我要冬眠了。冰凝的血流进
这条叫赤水的美酒河
一条大山血脉贲张的主动脉
直抵心脏,八百里的奔涌
足以使人一醉方休
足以把风雨关在听觉之外

以为躺在山里,就可以
拥有满目星河。没想到
星星也会和我一起坚决隐居
连日的雨在北风的蛊惑下
走上了邪路
敲窗的姿势十分粗鲁

以为躲在幽谷
就可以吐气如兰
可是连枯枝的腐味
也被寒冷封禁
采蘑菇的小姑娘比
卖火柴的小女孩幸运
她还有间土房可以煮汤

两粒火红的吊柿
趁着鸟雀避雨的时间
燃破了冬天灰暗的色彩
没有了红炉醅酒
也没有红袖添香

只有把身子像柴火一样
塞进寒被围成的炉灶
体温刚好够暖和被子
温暖和寒冷也刚好持平
如此，必将
归零所有的妄念

我在赤水河岸半山的
雨声中醒来
梦中，已过半生
醒来，亦在他乡
明天，我要在雨中漫步

学会用左手牵着右手
让孤独成为余生的
优秀品质

夜半,有人发来信息
问我
在吗?

第五辑:梦里不知身是客

在绍兴饮酒思晋

六月,误入了江南的梅雨时节
水上的小船,从宣纸划出
我以柳为笔,在水上题词
一只扑粉归来的蝴蝶停在了乌篷
它在绍兴的黄酒里染成琥珀
生活里剥离出来的禅意
有时至深,有时至简
就像错落檐墙上雨水的画笔

我独自走过戴望舒的雨巷
并没有遇到撑伞子行
丁香一样的姑娘
只有汗不敢出的惆怅
饮三杯古越龙山吧
西施的裙裾拖进芦苇深处
三千越甲的嘶吼
磨利了越王勾践的铜剑
寒光过处,我以血温酒

天台山上迷路的萤火
点燃了我乱麻一样的思绪

那些打着灯笼的小虫
照亮了我的整个夜晚
当江南与星光相遇
女儿红里就有了我一生的心跳
今夜我将赤身渡河
以骨头抵达彼岸
那些无人删改的故梦里
有烟雨，有遗风
豆荚也如期饱满

在王羲之的鹅池
只有用手指蘸水写下一个爱字
才不会有人抹去你的墨迹
我摊平初夏的心事
隔着人群，向对岸
向昨天，运笔最后一捺

我会回到青山的树洞里静修
那里可以躲出一丝丝凉意
镀上金身不如结成青苔
当阳光漫过我的心房
一片树叶就有了天空的影子
多余的枝蔓，我剪了又剪
只保留一场人生之初见

冬 孤

冷
高冷
一个人
站成冰棍
相思入了魂
寒冬毕竟浮云
树梢挂着串风铃
响声扰乱心情
霜雪染了鬓
只待春分
身只影
方醒
等

春风醉

春风手法凌厉
花朵轻解罗衫
这样的季节连害羞都是诱惑
空气中的荷尔蒙艺名叫浪漫
少年维特积蓄一冬的潜能
被一杯德国黑啤轻松点燃
所有的少女花香泛滥成灾
所有的少妇如鲜花一起绚烂
没有任何生命愿意矫情
一条老狗也在孤岗流涎
远古的冰川融成一汪冰激凌
春风矫健的脚步攻克了玉门关
太阳穿过赤道来下蛊
五毒酿成的酒正在粉饰谎言
把岁月的老年斑揭开
鲜嫩的汁液羞愧地流向天边
春分乱
一顶新冠　遮了
春天的巴掌脸
瘦弱春光待嫁娘

夏天怀揣火种
正匆匆赶来
撒了一地的荷尔蒙

我不忍春分乱
初春的风信
刚撕开三缄的口
暮春的残红
已经凌落成尘
集尘为土　刚好
可以埋葬
一份春梦

沉默的蚌　凝结
酝酿半生的语言
春分　太阳和月亮
势均力敌
我无力对抗
发际蒹葭染霜
正好黑白分明

玄燕组团南下
江河不再安分
时间向下一个年关
顺流而下

我析骨为柴

揽脂为油

任性地　点燃

满坡的桃花

第五辑：梦里不知身是客

冬日，阳光是春的邀请函

春恨时光太短
莺莺燕燕
衔泥啄草
忘却纷飞缠绵
阳光惊蛰沉睡的冰原
江河洗了征战的甲衣
血液中的寒
与迎春花一起醒来
冬天掩门而去
背影不远
少女在春台歌舞
廉颇误入百花园
时间如狗
急急，缓缓
吞噬坚硬的骨头
环顾，汗颜
一张老脸洇出鲜红
滴落到玫瑰花间
手颤，采一朵娇艳
花香沉重如铅
回首，花已凌乱

站立的松，泪痕老迈
松脂，凝固时光
竖一柄锈剑，问天

第五辑：梦里不知身是客

太阳是一味毒药

这样的日子,爱情都会发霉
如果推窗无法用朝阳照镜
昨晚的梦想也会宣告立冬
成都的银杏收藏了沉重的阳光
我和一片黄叶一起堕落
潜入土中与青蛙噤声冬眠
阴天是一桌丰盛的黑暗料理
在黑夜中饮酒微醺的太阳
难道要睡一个冬天才会起床?
太阳下蛊,我已中毒
对金黄的颜色毫无免疫能力
我思念迎春花,甚至迷幻到
以为自己是一只蜜蜂
总是乱入油菜花丛,不再返程
在阴郁的天气里,撕裂锦帛
夸父在邓林的深处呼吸沉重
我想用血液去点燃整个天空
太阳从云中探出一枚暗红的头
我渴望,在蓝天划燃一支火柴
那白云,有我喜欢的烟火味

月是太阳的灵魂

题记：一个人在山岗上看即将圆满的月亮，其实是在等待它瘦成下弦月的样子。

雨后的晚霞铺上了锦被
太阳在谢幕时充满情欲的味道
作为天空唯一的镜头
调好光圈，大地原形毕露
被大雨洗过的夜晚，我只
迷恋夜幕上悬挂的高冷灵魂

月亮远离了星星的珠光
素颜只会留给孤独欣赏的人
风的身姿优雅
她走过合欢树的时候
在我的酒杯留下了影子
我喝下了一颗月亮
所有的欲望结成冰晶

一粒粒枸杞在水杯里发酵
充血的虫蛹在填补男人的空虚
我对水的兴趣仅限于稻田的泥浆

和早晨无人碰触的露珠
如果日月在天际偶遇
将它们装进我空洞的眼眶
那么眼泪和心脏
就有了相关的血缘

月亮在水里散步

我决定在零点走出朋友圈去看看月亮
放逐身体,身体在夜晚更加宽容和随意
只有长长的影子踩在脚下不离不弃
如果赤脚会与大地更加亲密
如果不小心碰到草丛我会比较羞愧
在城市的鼾声中走了八百米
空中的月亮十分冷静而孤独
他给我加身一件银辉的袍
无人礼赞,蝼蚁成了自己的王
河里有刚放生的鱼在自由流浪
一条激动的河扰乱了河心的月影
疲惫的肉体只能随波逐流八百里
在那里,它可以抱着灵魂一起安睡

夕阳的呼吸

雨一直下一直下
天空干净了地面干净了
人们在绝望之后也六根清净了
夕阳用四天时间置办盛妆
终于端坐在了西岭雪山
对于有洁癖的人我是嫌弃的
对夕阳这种以雨开道的方式
我同样厌烦

天空十分华丽
我宁愿错过彩虹
也要用国画留白的方式
撕下多余的云彩
人们用镜头看夕阳
我在高楼的背影里
借着幕墙
专注于夕阳的余晖
我要趁天黑前
计算明早日出的时间

蓉城偶值秋阳

北雁排云上
冲霄剑阵长
云破斜阳出
银杏洒金黄
近冬争时光
春心早慌张
旷野尽闲人
喝茶如饮浆
独居远卿相
阳光仍造访
抢得一分闲
浮名换低唱
昨夜尚惆怅
今朝引伴忙
山气映夕照
陶令忘断肠

秋雨的喧嚣与庄严

一场雨来得横冲直撞
霸蛮地宣示了对秋天的主权
将所有的人叫停,列队
惊恐而慌乱地观看末日大片
雨箭密集地从天而降
满城的汽车落荒而逃
水迅速把人间的不平找到
连片成海,房子是唯一的孤岛
远远望去,不过是漂流的盒子
阳台玻璃上贴满了惶恐的脸
我站在雨中,雨从我的血管流过
清凉从身体终于浸入人心
趁着树叶未黄,雨洗大地
万物肃穆,岁月钻进了历史的缝隙
纵是千骑卷平冈又如何
蒙古铁蹄踏过的地方长满荒草
这部雨的大片刚好播完两个小时
人们又开始计划大快朵颐
天空不管人间事,染蓝成布
任由,云,在天空卷舒作画

即使粮已入仓,果已采摘
但不妨碍还有花在努力开放
比如,那雨是天给大地的狂吻
一簇簇水花就是自然的物语

第五辑:梦里不知身是客

听雨说云的来处

吹熄摇摆不定的油灯
固执地走出废旧的村屋
我像一个孤独的老人
在雨夜,将自己流放到了
时光深处,唯一的光
来自暗夜的眼底

雨也显得十分古旧
雨打芭蕉,说书人在絮叨
铁马金戈与江南雨巷
多少前尘往事
就在闭眼倾听时
——在眼前铺陈开来

听雨,串成一串念珠
天地之间的梵音
在胸腔回响
直到一滴雨从叶尖滑落
被喇叭花悄悄啜饮
远方的云才有了归处

等雨下

寂静，夜幕浓重
孩子均匀的呼吸
敲响了痴人的梦
黑暗中，我是唯一的烛
那光，是萤火虫
只够照亮自己前行的路
那热，是眼中泪
只够温暖一人心中的疼
风信寒凉，雨要回家
少年时巴山的蕉叶
飘零成两鬓的霜
雨从天上归来，急急
叩门的声音十分沉重
在雨中踟蹰
四面八方的墙
逼退回到原点
任雨从头顶洞穿
在胸口汇成池塘
直到雨水从眼眶溢出
像海的味道一样轮回

等雨赴约

没有雷声的前奏,一只风铃
就敲响了我古早泡好的老茶
封冻的脸有了轻微的抽搐
阳台上的盆景枝叶开始凌乱
仰着头,我一片一片地剥着洋葱
直到天空下雨的时候才住手
低头,洋葱只剩下一粒空虚的心
云的黑氅沉重,雨如果是云的泪
我不知道它落地时为何会开花
初夏的植物卖力地收纳雨花
我听见玄奘说,该收衣服啦

雨雪成都

黑夜从幽深的瞳孔溢出
吹熄最后的一星灯火
床，唯一做主的国土
只允许寒冷在棉被外游荡
当企鹅四处逡巡时
北极的冰也已经睡醒
如同我那稳重的大哥
酒后失态，粗鲁地撕开燕山
千军万马，一骑绝尘
怒气冲冲地席卷华北平原
穿越秦岭，气喘吁吁
终于在成都盆地沉沉睡去
他在睡梦中也有自己的姑娘
姑娘绚烂的心任她四处流浪
他期待那疲惫的翅膀
能悄悄停留在他的枝头
雪花是冬天唯一的请柬
当雪风懵懂地推开大门
中年的油腻和头发一起绽放
雪以雨的方式被大地收揽入怀

秋阳春潮

一场大雨酣畅淋漓地
为阳光洗尘
蓝色的天幕
拒绝了白云的来访
她一心只想为太阳的出巡
铺好道路
金黄的银杏叶
漫天飞舞
那是阳光遍洒的请柬
有谁会拒绝
一场温暖的盛宴？！
芙蓉花最懂秋阳的语言
三色的花朵
固执地等到秋后出阁
锦江泛起春潮
老迈的杜甫
扔下手中翻盖的茅草
煮一壶茶
任日月江河在壶中翻滚
他要带着茶的温度出门
奔赴太白的鹿门之期

即使已经白发苍苍
只要诗酒还在
谁也阻挡不了密州出猎的轻狂
哪怕冬天叩门声急
只要阳光还在
心里也会百花绽放

第五辑：梦里不知身是客

第六辑：与季节无关的情绪

与季节无关的情绪

北方的雪
像一柄柄六棱的飞刀
割开肌肤 结了
血色的霜
于是，冰天雪地里
开出了一朵冷艳的玫瑰
南方的雨像
一枝枝温柔的箭镞
穿过心脏，剩下
空洞的靶
还好，万箭穿心后
背影会更加透明
所以，你快走吧

路过故乡的山岩
水滴千年
石头终究爆裂成花
焦灼等待的开心
最后以牺牲进行献祭
铁树枝叶冷峻

偏偏花开得粉嫩
时光解剖了亮泽的蕊
铁树的巢里
还躺了一窝待孵的蛋
所以,你要等我

第六辑 思想:与季节无关的情绪

平安夜抒情

夜雨枯灯紧寒衾,
老树独叶风凋零。
邯郸黄粱庄周蝶,
苍鹰岂会怜孤影。
平安夜里灯火明,
歌舞升平无祷声。
推窗飞向扶桑枝,
身暖犹思雨打萍。

一颗燃烧的苹果

姑娘在老师的絮叨中
悄悄发芽
她洁白的花朵
躲在角落里绽放
没有蜂蝶的盘旋
她对自己是否结果
一无所知。
三一学院的苹果疯长
砸晕了抬头望天的牛顿
他把苹果对火热地心
的向往　误读为
冰冷的地心引力
苹果贪婪了太阳的光热
她青春的脸庞
盛不下血脉的冲突
如同父母的枝丫
留不下她决绝的脚步
那一颗红苹果
从空中堕落　燃烧着
投入大地的怀抱

满身的甜蜜在慢慢发酵
酿成一滴浓醇的酒
醉了花朵绽放的时光

果在等花老去

夜走向时间的深潭
万家灯火相继熄灭
还好我在楼顶种满了星星
我向它们缓步走去
怀里揣着银色的微光
我想读一遍时间简史
静静地，聆听
这宇宙间浩渺的声波

不期待今夜的月亮能点燃烛光
因为她早已碎成清凉的雨滴
旋律的弧点敲击着大地的琴键
趁秋风未至，茅庐草深
一曲《春夜喜雨》
在杜甫草堂悠然奏响
春水曲韵悠远
流进李商隐的秋池
唤醒万千沉睡的菡萏

从巴山到长江的河流里
所有的浪在砾石的撞击后

开出洁白的花
一条鱼儿也在阵痛的梦中醒来
三秒的记忆便有十分的快乐
它向濠梁上的庄子眨眨眼
然后，游向暗黑的水底
纵使南国的台风季即将来临
它也愿意在水面
等待一场温柔的雨
直到天晴

那孤独繁华的樱花

这个俏丽的女孩
只管在花季盛开
青春从不关心结果
绽放就是生命的
最优解
任富士山三世白头
任黄鹤楼人去楼空
成都的小酒馆外
她独自站在路灯下
看灯红酒绿
听人声鼎沸
樱花飘落的时候
她不知道
她的背后,有人的心
像酒杯一样
碎了一地

仲夏夜星光坠落如萤

昨夜的雨洗涤今晚的月色
索性用一杯红酒敬了月光
柔软的光和沸腾的血在舌尖缠绵
我仍然吐气如兰,宽恕着无边的黑暗
我在天台看星星,星星在天上看我
像两个过早得了阿尔茨海默症的青年
失忆是为守护最初的记忆,相看两不厌
澄澈的眼里,闪着星星一样的光

我站在宇宙中央,万物静默
风从毛孔穿过,惊起蝉鸣与草虫的叫声
月集结着星,许是天上星太过拥挤
调皮的家伙就要结群游戏人间
于是,溪边多出几粒萤火在闪烁
如果爱有形状,那大概是半截枯枝和
一丛野草,被点燃时的模样
我向天空了打个唿哨,星火遍地
黎明前的太阳也似火般妖娆

仲夏夜的点点流萤,如流星般坠落
划亮我一生中最暗寂的时光

森林里的短暂童话，永恒驻留漫天星光
山野有清风相伴，夏夜有星辰相随
无论你是否看见，眼底的留白足够
当心底的一缕执念氤氲开来
那闪光的萤火竟然焚毁了半生江山

第六辑：与季节无关的情绪

遥远的风铃

如果没有四月一日我们一起欺骗时光
就绝不会有一盏风铃在五月发出的回响
当豆子在大地的子宫疯长
姑娘学着母亲一样呼唤风的昵称
锄禾的农夫只关心应季的小麦
太阳初升,豆子和杂草一起走向宿命

环佩声起,风铃记录了风的足迹
风是雨的前哨,随后雨在眼眶集结
泪水从狂欢到哀伤穿越千年的剧场
滴水穿石,心窝盛满咸湿的味道
蜜蜂与蝴蝶在远方的花园里忙碌
没人在意一株兰花在石头缝里吐蕊

森林里的风铃挂得漫不经心
每一次风的脚步都会踏过生命
只有下坠时的声音最为惊心动魄
一丛鸢尾花埋葬了那盏风铃
风拥抱着铃声在林间起死回生
清明时节会有一只黄鹂在这里歌唱

女王秘径的鱼子兰

轻浮的云朵纵情喜马拉雅的山巅
云朵中的雨和雪即将开花
夜空划过的闪电,如盛唐的裂帛
刺破了躺在粉色长绒棉里的梦
于是,女王扔掉了水晶鞋
朝着烟雨苍茫的方向,一路狂奔

返青的草丛流溢着阳光的味道
在女王的心域泛起一缕柔软的气息
叶子拒绝为风鼓掌,只注视女王的私巡
他们集体在沉默中狂欢,细胞疯狂舞蹈

一剪从柳眉掉下的情绪
在斑驳光影下抖落为一地明媚
一袭长裙拖曳淡远的心事
红裙点燃了满街的目光
人们如过江之鲫
欲望的钓饵暗线密布

生命重如巨石,石的根深植大地
所以生活的青苔迅速布满石面

亡国的女王漫不经心地在领土徜徉
阳光如琥珀包裹，花落满肩，盈盈漫香

街口有个卖花的老农
花是他今晚的饭钱
女王的眸光流过一切的娇艳
住在了一株寂寞的鱼子兰上
星星点点的花蕾含苞待放
一群游鱼在叶面波光潋滟
捧在怀里，它就是她的玉玺
她要将这交给她的王

眼神飘忽的隐士在终南山诵经
只有那株幽兰在阳明山谷独居
如果这株鱼子兰注定要绽放
那氤氲就是女王兰蕊的香
邻国的王以十里春风相送
尽管初夏，气息仍在五月的行路
雪山的冰雪融水流向四面八方
没人知道，一滴泪在花蕊中深藏

守望一颗禁忌的果

那年春天,她用稚嫩的小手
种下了一棵会开花的树
她想像那个手拿纸鸢的少年
提笔描绘着长风过处的声音
娇羞的笑脸,浅浅的酒窝
长长的睫毛将远山的黛收留
这些足够那棵树怀念好多年
如果树会写日记,我想
它会像笔一样直立在家门口
用十五年的时间把童年写成故乡
让星星默默带走平铺直叙的文字
只有在春天的情愫里
才能够泛起一丝涟漪

这棵桂圆树像姑娘一样默默长大
直到今年,它才决定沸沸扬扬地开花
因为果实的呼唤是那么殷切
以至于先被叽喳的麻雀偷了一嘴的甜
仅剩的二十一颗桂圆里,有燕子的呢喃
有雨后的惆怅,有白月光的倾慕
也有远山的梦想和《关雎》的诗行
含辛茹苦的果树一脸平静

它只会用累累硕果告诉世界
活着与成熟就是最美的幸福

一棵树,一定有另外一棵树的陪伴
当两棵树站成合欢的样子
它们便有了满树繁花的模样
八月遍地风流
从春天走向秋天
青涩的时光开始泛黄
她满心欢喜地爬上树
摘下这些甜蜜的初果

明天,她要把它们交给那个
远归的人,剥开土黄的果皮
温润的白擦亮了他的双眸
透亮的果肉,是她青春的记忆
那黑色的果核,是她洞穿一切的眼睛
她喜欢看他咀嚼着甜蜜的模样
看着它们一颗颗地,被他
蕴成有滋有味的谈吐
那样,他的身体里就住满了
她一段幸福的过往
她没有告诉他这些桂圆的故事
因为,来年秋天一定
还会有硕果压弯秋风
即便那些丰收
已与他们毫无关系

一枚琥珀的生日

山上的茶树在积蓄来年春天的力量
两枚枫叶依偎在爬满苔花儿的老树上
它们说着只有眼睛才能懂的唇语
期遇的相见是执手不语的心音
当我把生日当成死亡的起始刻度
开始谨小慎微地丈量人生的时候
姑娘，你点燃了我身前的所有日子

我开始分秒必争地和时间的沙漏竞跑
你一边呐喊一边忙于翻阅我的史册
我则忙于用脚印为你的红唇写诗
雪化的地方，有你短促的呼吸
化在你火一样的身体里，幻焰如真
食欲与视觉屡屡达成共识
我已冰冻太久，热烈
你像春天一样挺起胸脯，遇你
融成水，蒸成雾，化成风
当然也可以是一片任人猜想的浮云
你吐气若兰，萦绕在幽深的山谷

当生命的齿轮环环相扣
我们对美丽的打开方式
趋于精准,如果有一天
把你的情歌移花接木
那将是一部世界名著
我已经把一切都交还给了世界
这样,我就是储蓄给你的世界
一枚琥珀吸满太阳的颜色
万年,地底,依然温暖
剥开它,像匠人一样琢磨
我不知道一棵树为什么
有那么浓烈的眼泪,直到
你住进我的肉里
你长成了我的骨头
摸摸周身,206块骨头
最疼的那块,是你
最温柔的那块,也是你

今天是你的生日
我的每个细胞都在为你歌唱
这样,人间听不到任何声响
我逆风划燃一枝火柴
就让指头充当那柄蜡烛
你熄掉烛火,点起一个无法实现的愿
乌托邦也许没有诗人
你孤独的背影里

有一滴天空垂下的泪
包裹在你琥珀色的肌肤深处
我没有任何礼物
我就是唯一的礼物
我摒弃所有的技巧
任体内磷火燃烧
化作最美的烟火
从你柔软的心房涉血而过
你也可以打开我
掏出胸腔那枚晶莹的琥珀
我知道，那将是我告别世间时
你倔强而深情的泪珠

第六辑：与季节无关的情绪

喃 喃

春天尽情地释放荷尔蒙
五月披着浪漫的纱衣
厚重的嫩绿与绯红
达成了男女之间
秘而不宣的预谋
蜜蜂以授粉的名义飞过
处女般的玫瑰无比娇羞
全身的血液涌在脸上
既然不选择结果
何必要有这么牵强的理由
云很飘逸,风很柔软
阳光在树叶上撒欢
这样的季节最该有
江南雨巷的浪漫
花在怒放,燕在呢喃
我枯黄的细胞开始发芽
也许,在火热的八月
我会成为你清供的莲

北极的眼睛

如果北极星是你给我
最后的勋章。我想,我没有辜负
寒冷带来的高烧战栗
当秋水沉寂于眼窝的暗池
放慢脚步和呼吸
在极地里独自张望
那么泪水终究不会结冰
它回流向心脏
才会成为暖咸的血

人们在你的高光中眩晕
他们只关心自己的疑问
我像一个害怕走错路的孩子
总是盯着你的眼睛,摸索星的辉映
雪橇留两条孤寂的平行线
朦胧远望间,氤氲着渐行渐远的路
你点缀着春天里没有结局的童话
当真相来临,依然嵌在我的天空之城

寂静的初冬

初冬祭出了雪的兵刃,人们
在等待六棱刀锋切割寒冷的碎片
我在暗房里闭门不出
冲洗人生的底片,黑白分明

有一朵喇叭花不合时宜地开放
它吹响集结号让我一人孤军奋战
头顶流出的血迅速占领脸上的战壕
那里横陈着我每个年度坚守的尸骨

风把肉色的阳光推到窗前,那诱惑的
光线企图为我拼贴一张彩色照片
舒张的合欢树晚上就会闭合
我要躺在里面安睡,除了母亲
谁也别想将我从梦中叫醒

每一个冬季我都不敢奢望春天
挂在两鬓的白霜枯萎了满树桃花
伊甸园的苹果有毒,我
条件反射地对所有水果免疫

明天在昨天就已经来过
如果我对温暖还有一丝怀念
我愿意在黑暗中想你，这样，你就
是夜间唯一的光明，而我也可以遮瑕
满身的污迹，还能在眼泪中装满星光

第六辑：与季节无关的情绪

第七辑：游走在大师的灵魂间

摘一把阳光煮茶

一支玄燕射向雄心勃勃的太阳,
这种朝圣献祭了疲惫的后羿。
阳光穿过眼睑把溪水煮沸了,
洒几片春芽就是一桌茶席。
染绿的山向云水流动,
一颗融冰的心摇动五彩的旌旗。
虚位以待,身影斑斓,
三只空杯盛满了春的气息。
孤独怎么会属于春天?
脑电波呼唤远古的情谊。
唐朝的人习惯在月下饮酒,
浓郁的愁绪缠绵了阳光的诗意。
不如和老庄一起登上春台,
在云端看人群迷幻,花海游鱼。
或相约东坡左牵黄右擎苍,
笑看阳明端坐在洞中沉思。
红男绿女是蜜蜂的近亲,
花的荷尔蒙点燃了成片痴迷。
年轻的柴狗幻想已经长大,
和水中的自己亲热嬉戏。
老人坐在门槛上羡慕蛇在蜕皮,

恐龙化石悄然披上苔藓的绿衣。
趁温暖还在，摘一把阳光煮茶，
微笑着听溪水与小鸟自言自语。

第七辑：游走在大师的灵魂间

好嗨哟

水滴被飞鸟与云蛊惑
刚好太阳也在煽风点火
习惯的大海有了讨厌的味道
那就穿了轻曼的纱
以水汽的艺名到云端歌舞
三万英尺的飞翔
鲸鲨如虾，千岛成沙
众神狂欢，繁芳凋零
大雁邀约水滴坐在眉间
但背离家的方向
怎能看到回家的急切
只有秋风是海的老友
他知道静默是爱最深的模样
劝慰是青春的抗体
那就用寒冷让水滴
回到梨花带雨的初痛
从云朵中跌落，愤怒如箭
大海张开双手惶恐地迎接
万箭穿心　满面微笑
当水滴终于酣睡

大海一头撞向礁石
那满头的白发和泪
四处绽放

第七辑:游走在大师的灵魂间

老狗在东坡晒太阳

也许蜀犬期待阳光已久
从眉州带走的那条小狗
箭一般射向北方
扶轼远瞻的青年才俊
来不及回望一下竹影下
王弗那双脉脉含情的眼睛
神采飞扬、走马京华
爱情让位年轻的梦想
打马江山、满心欢喜
从湖州呈上去的官样文章
像秕谷一样招来了
御史台成群的乌鸦
它们站在树的最高处
一本正经读出来的诗
荒腔走板，夹枪带棒
从汴梁到黄州洒下一路杂音
密州出猎时的那条黄狗
此时正夹着尾巴
在操场的一角，练习脚力
歇息时它奖赏了自己一根

有梅雨气息酸甜的骨头
知州大人正在大快朵颐
调皮的诗人和佛印谈佛
四周围困的赤壁，不如
一条直指心性的苏堤
老狗睡梦里流下的涎水
溢满杭州的东坡肉味
千骑卷平冈时
它希望冲在前头
却在岳飞出生前两年
倒在了无常的常州
还好常州的日出比眉州更早
这只老狗会在中午躺在东坡
回忆那儋州肉甜心涩的荔枝
月亮黯淡，故乡很远
月光从北宋照到现在
一成不变地悬在头顶
千年后那个像荔枝一样甜蜜的
邓丽君有首歌近在耳畔
如果梦中也有月亮
它会堕落到心的深潭
激起一阵涟漪
月亮碎成泪珠，顺着脸颊
像溪流一样，缓缓下滑
从别人的嘴角流向我的心涧

晒皮囊

最好的安静
是只剩一枚太阳在吵闹
温柔的深秋
几颗红透的柿子
住在蓝天白云之间
一只白鹤在午后休息
影子从河面投射它的梦
我看出昨晚放生的鱼
已经苟且偷生

在人群中挤得太疼
也许我嶙峋的骨
会同样让人讨厌
好在阳光的留白空间很足
我绕开人民公园的茶馆
找一个房顶靠近天空的位置
将皮囊全部翻出
暴晒

和东坡韵寄清玄

细雨斜风作晓寒,
淡烟疏柳媚晴滩。
入淮清洛渐漫漫,
雪沫乳花浮午盏。
蓼茸蒿笋试春盘,
人间有味是清欢。
东篱采菊学陶潜,
东坡摘笋脍时鲜。
半茶半酒半生闲,
信步云阁且凭栏。
斜卧兰溪日三竿,
不慕鸳鸯不羡仙。

巴山夜雨思李白

这样的夜晚
适合住在故乡的老房子
听雨打芭蕉,把被子裹紧
让自己温暖自己
不要期待月亮会有太阳的温暖
月亮在千年前
潜水到李白的酒杯
他饮尽最后一滴浑浊的泪
吐气如兰是荒诞的臆想
那些,仗剑天涯的狂放
与天作棋盘星作子的妄念
都化作了冰冷的血
我想看到太白那苍白的脸
我把心脏挂在手的枝丫
那一瞬间燃烧的亮光
照耀出了一双空洞的眼
我把李白葬在蓬蒿之间
转身走进灰黑的城市
那里是我埋骨的地方
废墟之花正悄然开放

太阳晒在王维的身上

当太阳照在王维的腿上
王维在反复淬炼《红豆》
一首写给男人的诗
在情侣之间广为传诵
当太阳照在王维的腹部
一个状元独坐幽篁里
在晒满腹锦绣
那时的月亮也有温度
当太阳照在王维的背上
他梦想在居延城外
与霍去病一起秋日射雕
直到安史之乱惊了梦
当太阳照在王维的头顶
那美丽的光晕从香积寺
的香烛上升腾
到终南别业都不会消散
水穷之处云升起
大地轰然幻碎为
真实的土

想象一首生日歌

出走半生不再少年
妈妈，我从未
走出你期盼的眼
归去来兮何处家园
妈妈，我从未
走出你含泪的眼
陪你的土狗不再叫唤
电视开着你也听不见
翻阅了多少红妆和素颜
还是想念
柴火灶前殷红的脸
吃过了多少美食和盛宴
还是想念
递到面前的荷包蛋

三百六十五天在辛苦赚钱
我还是一个讨厌的穷光蛋
奔波忙碌不过是一念三千
我要回头去找到停泊的岸
妈妈，我要回到你身边

我要留下每天听你唠叨一日三餐
妈妈,我要吃你做的饭
我要用剩下的钱去买一生最贵的单

第七辑:游走在大师的灵魂间

人间如镜

一场人间喜剧在 4 月 21 日上演
我像个守财奴
数着为数不多的铜钱
从 0 计数赚到的日子

我取下荆冠
离了生活的渊薮
把灵魂装进肉体独坐家中闭关
看一截朽木如何长出蘑菇

案几清供的牵牛身不盈尺
她在妙龄之时已然开花
两株合欢在窗台尽情绽放
粉红的花蕊充满欲望的味道

只有孩子才会认真对待
泥土与杂草做的晚餐
而我年迈的父母
却对任何盛宴都表示忌口
隔壁的人们在庆祝新生
窗外，一辆灵车静默地开

天空的雨来得有些激动
尽管已经错过小麦灌浆的时节
一粒砂被风揉到眼里
整个身子就是珍珠的贝

不知是树叶乘风而来
还是风叶相伴共舞
我拾起一片五月的落叶
一枚书签在《金刚经》里沉睡

星眸流转，宇宙瞬时璀璨
手捧漫天星辰以赠
仍觉皓月当空不及你
"爱因斯坦十字架"
闪烁亘古的光芒
面对天空透镜里唯一的身影
我鞠躬致敬
然后，扬长而去

墨镜给世界光明

阳光灿烂,百草权舆,眼睛关不住光明
血色玫瑰,守护着心中结晶的那块冰
百花齐放,蝶舞蜂吟,万物狂野发声
阖上双眸,推开了曾经虚掩的那道门
颤抖地发现一座纸上建筑的宫廷
国王慷慨地问我:谁做臣民的主人?

薄纱遮面,双眼如泉,团扇扑流萤
拉了窗帘,一键快进了轻浮暮色
墙内花开花笑,解了罗裙,乱了云鬟
感性的肚皮舞,揉成球面波倾泻而出
垂直的是女人白皙的脖子,天鹅引颈
亚当是那柔软身体里唯一坚硬的骨头
男人的瞳孔竖成一线,夜猫呻吟

动感的骑马舞跳跃在一毫米厚的墨镜
八百里的热恋飞摆于一尺的粉裙
饮一口淌过的清泉乳汁,河溪绕井
钻过隧道山洞涧底,暗潮一直挺进
只是山林太远,听不到古老的回音

劲道铁蹄,发起歇斯底里的追逐
赶在气散魂飞之前,撞个满怀正身

发酵前世青春,满腹惆怅,半点离恨
秋水长天,孟浪的青年放舟于一世迷津
纵使岁月不再刺眼,也要戴上一副墨镜
太阳底下,黑色是最安全的光影
眸是黑的,裙子是黑的,高跟鞋也是黑的

矗立于斯,上通天衢,下守地平
彭祖守信,八百寿未必锁了我的身
孟婆犯困,一碗汤岂能拘了我的魂
人间爱我,天堂爱我,但万千宠爱
一世柔情,都不如执拗地木秀于林
月落日升,花火流星,老树细数年轮
习惯报痛以吻,但绝不与世界为邻

第七辑:游走在大师的灵魂间

灵岩山银杏

一株树长成一尊树
必须经历了秦皇汉武
才能笑傲唐宗宋祖
一尊树在灵岩山
占山为王
率土之滨莫非王臣
松柏的兵阵
排挤了杂乱的草民
一个自由王国，必须
要有蜜蜂、蝴蝶，必须
要有鹧鸪和麻雀
至于野花任它在山谷
野蛮生长
让蚂蚁搔个痒痒就花枝乱颤
这尊树住在破敝的皇宫
那座没有香火的破庙
据说老子、孔子与释迦牟尼
都曾在此驻足
一九四二年，一只蝗虫
将河南大饥荒的消息
带到草木葱郁的灵岩山上

袁焕仙枯木开花
七天七夜像个傻子一样
拈花微笑
这尊古老的银杏树
决定只结一颗果实
交给仗剑天涯的南怀瑾
出走，一路怀璧夜行
当我朝拜这尊银杏的时候
他黄袍加身，儿孙满堂
在萧瑟的秋风中颐养天年
我捡起一片笑落的银杏树叶
噙在口中，让叶脉间的血液
流入我的心脏

第七辑：游走在大师的灵魂间

森林里住了一群树

最后，选择了瓦尔登湖
树木们决定在此围坐
开一场会讨论幸福与生命
风是树与树唯一的语言
偶尔乱入的松鼠留下几个足印
树影婆娑记录了整个过程
一棵太阳庭院的扶桑树
金乌栖息，世界温馨
一棵嫦娥思乡的月桂树
玉兔静卧，清凉人心
还有一棵沙漠的佛肚树
装着甘甜的水等待取经的人
至于那倔强的戈壁胡杨树
用九千年来证明生命的历程
结伴前来的海滨红树林
发愿让海水映蓝天空凝成甘霖
喜欢孤独的高原藏云杉
只想傲娇地牵手山顶的云
有一棵太阳种的树
在四月把温暖洒向疲惫的人群
那一棵历史种的树

月影中叶片写满斑驳陆离的伤痕
我是一棵空心的树
树洞中间长满了柔软的荒草
如果有一只鸟在顺便筑巢
那应该就是我最好的宿命

第七辑：游走在大师的灵魂间

有风穿过胡杨林

风穿杨柳
摇摆着妖娆
风流只在江南行板
但戈壁滩硬朗
那掠过胡杨的风
却是匈奴的魂
粗野的弯刀
剔去胡杨的皮肉
只剩一身筋骨
直直站着
挺挺躺下
沙漠固化成了
大地的皮肤

私 奔

一床黑色的棉被
埋葬了我身体的灰烬
只有在夜晚
那颗还未燃尽的心
有一粒微弱的火光
床头那本书烦躁不堪
每一颗文字都急于发芽
我等不及明天
更不会听信春天的谎言
我必须马上带着我自己
私奔
有两条路在向我招手
一条到瓦尔登湖
一条到乞力马扎罗雪山
这些熟悉的陌生刺痛了我
我闭上双眼
拒绝了所有的邀约
独自向黑暗深处走去

元旦,诗的旅行日志

如同初恋总是难以忘记
第一页日历永远不要丢弃
即使岁月揉成一团废纸
也得留下回光返照的力气
去抚平昔日留下的只言片语
辞旧迎新的日子如约而至
我要遵从古老的仪式
认真地清洗身体和所有的脏器
菩提树下的恒河人满为患
人到中年早就学会了逃离
我的泳池喝着高粱舞蹈的啤酒
我选择在沉醉中迷失自己
时间是人类永恒的老师
土丘葬着板凳蛮的故事
枝头的梦想在去冬已经枯萎
掉在地上的种子显得格外真实
一棵老树在夕阳下独立
它的身影依偎着新生的麦子
双脚植根在故乡的土地
荷锄远望即是仗剑天涯
至于春暖花开的美好期许

应该交还天堂孤独的海子
太阳终将从眼睑滑向心底
这一天必须埋藏一个秘密
像儿女成群的农夫充满欢喜
在纸上种遍亲切的粮食
悄悄地发酵整本熟悉的日历

第七辑：游走在大师的灵魂间

第八辑：浮生幻游与致敬无常

四月随雨流回海

一阵风,模样轻浮,手指一勾
揭掉了暮春最顽固的黄叶
太阳将西边沉默的山烧作灰尘
接下来就该雨　荒腔走板地上场
我琢磨着它骤然落下时低沉的轰鸣
城市硬朗,柏油路欲拒还迎
但很快我就可以用手指抓出泥泞

睫毛上的霜也终于等到了雨季
每滴雨绽放为莲,湖畔流连
大眼睛的纳西索斯竟美得如此危险
他瞪着这眼泉从春到冬流淌
可他并不知道,正是这一眼
动了香雪兰来生之年开在心头的绮念

我决定向着深落的大海出发
如同狄俄索尼斯奔向原野般决绝
殷红的夕阳点燃我血管中蓝色的焰火
趁着骨头还算坚硬
我要像鲸鱼一样游向海的中央
用 52 赫兹的歌声去

鼓舞每一颗孤独的心

我将背影留给岸边
花枝招展的姑娘
我不想被她们的镰刀收割
她们正在妖娆地老去
奥德修斯错过了海妖的歌
我不能错过亚特兰蒂斯
欲望广场上沸腾的钟声

热闹世界的每个人都很忙碌
最好在那里入定，一言不发
等待宙斯情绪爆发，然后
与洪水、地震一同沉入海底

也许，一万年后海底渐露
有蝼蚁会驾着黄叶的帆船
向石化的我进发，
我终将开口
只此一句，如是我闻
漂泊是回家唯一的路

春雨中,石头正在发芽
——关于与生命和解的一次假想

一个黑屋子里生起一盆炭火
为了温暖,关闭门窗和一切有孔洞的地方
包括眼睛、鼻子、耳朵和嘴
只有一氧化碳无孔不入地进到血管
血液服了过量的安眠药准备睡去
长眠在舒适区里作了最长情的告别
静默的黑中误以为那发红的炭粒
是这世界唯一的太阳,发光发热
脱下羽绒服和口罩以及长在脸上的面具
让身体像达利的钟表一样融化

渗透到床板和地面的每个缝隙
还好没有装睡,所以当春雷滚过地表的时候
能够被惊醒,能够拉开厚重的窗帘
让阳光和空气从窗口涌入,湮灭炭火的余烬
打开门,两个世界便在时光里握手言和
蛰伏一冬的细胞在肉体的土壤里蠢动
只是需要一场雨,我在成都,
它要从杜甫的茅屋下起,再到我十一楼的水泥方盒
只要有雨,乌鸦都会比喜鹊叫声欢喜

我要从阳台投身雨中，万物皆绿
百花在田野叽叽喳喳地自言自语
雨丝敲击柳枝的弦，燕子还在路上
石头正在发芽，我冒着死亡的风险
将口罩挂在树枝，一面白旗升起
即使死亡我也只会对自由的呼吸投诚

第八辑·浮生幻游与致敬无常

行走的春天

八百里在一个念头里缩短
说走就走的人生
每一个细胞都是春天
车到江门
我没有看到江河的奔涌
我说,只要你打开眼睛
我就是那条长途奔袭的河
你可以是河边吐绿的芦苇
也可以是河里吐泡的鱼
当然,我更愿意你是蓝天白云
全部扑到我的怀里
车到江门
天色已经黯淡

你裹在白色羽绒服里
你就是晨曦时的那道光
羡慕蜂蝶在花间翩跹
甚至,羡慕你隔壁的
两条狗在嬉戏春天
如果冬天让你禁足太久
我就在浪潮里带你远航

我是那艘唯一的帆船
一旦启航就无法靠岸
在春色满园的时光
你是我无法免疫的病毒
你让我一生带菌生存
即使我向死神妥协
我也要在坟头
长一枚红色的蘑菇
让它像一颗年轻的心脏
随风跃动

第八辑：浮生幻游与致敬无常

春在上个季节已经预约

坚硬的岩石
封印着岁月的经验
矗立是装睡的姿势
阴冷的冬　雪渐白首如笺
血液凝固　字迹清晰
固守着和春的约定

打开岩石的只有春风
燕子一声呢喃
百花便鱼贯而入
一个秀场乱了人心
太阳在蓝天盛放
岩中的泉洇绿了草
柳丝弦动　万物放歌

姑娘御风放鸢
线轴缠满鲜活的时光
银铃般的笑声
播种在荒原
草开始疯长

它只有一个愿望

如果姑娘跌倒

就给她最柔软的床

心的血雨倾盆地下

午夜暴风雨掩护着被丢弃的月亮
这场清欢的秋雨终于落进尘埃里
一路窥探着风的颠沛流离
流浪的孩子终于也在滂沱的大雨中
学会了奔跑,这一刻,
她只想和灵魂一起私奔
至于,那些清凉的夏日记忆
已在充血的眼眶里沸腾
溢出的泪血纵横了八千里
却穿不破筑在秋天的那堵墙
它们流进了心的漩涡
一个上了世纪枷锁的秘密就此埋葬

夜曾是锋利的匕首
用尽疼痛后的挣扎
也刎割不去关于你的荒草
爱过你这件事
是我最幸运的诗
你心里的位置
成了遥不可及的奢侈
背对着墙与黑夜对峙
等回忆变成悲伤的故事

我们就理智地在街头走失
此后，便成最熟悉的陌生人

风累了，云醉了
繁星也早已沉睡
唯有失眠搅乱着尘世
空白的思绪撕裂着原有的夜风景
曾爱过花的那片叶
如今恐怕只剩下花谢的萧瑟记忆了
葡萄架下呢喃细语的恋人
也消失在月色里
拴在心尖的那尾风筝
我试着去放空
就像你走时那般轻盈
风过，挥袖，没有一丝声音
也不曾留任何痕迹
　可是风中还是能嗅到
那夜滑出手心摔成支离破碎的殷红

凉山南红

矿坑打开的瞬间
挖矿的彝人就把自己
埋在了地心
地火奔腾
血红的血
点燃骨骼的化石
褚黑而残破的丧服
包裹了彝人最后的希望
雕刀刺穿南红黝黑的皮肤
剔除一切脂肪与肌肉
直到露出
散发余烬的心脏
那火焰还在跳舞
荞麦燃烧,苦涩成香
血酿的酒流入大地
我那亲爱的兄弟
你是否尝到残存的酒滴
我要在胸膛
为南红挖个神龛
那里距离心脏的位置
最近

我的穴居日记

在荒无人烟的峡谷
赤脚踏上少有人走的路
我住进先民遗留的洞穴
四万年前的烟火气
和造人与吃人的故事
在穴壁影影绰绰
一条蛇在我耳边梦呓
它至今仍在回忆
伊甸园的那出恶作剧

双眼,一只住了白骨的磷火
一只住了天穹的星光
我睡意全无
我那双胞胎哥哥已经
替我安睡了半生
我看着他小小的身体
像献祭大地礼品一样
深埋在一个地穴
当悟空大战六耳猕猴的时候
我知道那睡在地穴的哥哥
其实就是我

出离半生，剥掉坚硬的泥壳
我依然柔若无骨
回到洞穴，就是
回到母亲的子宫
我唯一的敌人就是自己
而饥饿，泥土足以果腹
那么，渴饮一滴泪
就尝到了海的滋味

沧桑的灰烬

一棵榆木疙瘩
在火塘里　自尽
有体温的灰　即将冷却
那关于早春吐芽的念想
火光映射每帧记忆
一只蝴蝶曾经停在
榆木隐秘的伤口
吮汁如血　直到血干成泪
心的颤抖是唯一的慰藉
当又一只蝴蝶以舞相邀
那荷尔蒙是狂欢的烈酒
双双　匆匆　背影之后
呕吐的气息枯干了榆木的叶
榆木咽下不同物种的告白
那苍老而晦涩的腹语
如万千白蚁将树干掏空
它决定卑微而庄严的倒下
那腥膻的牧人　用猥琐的斧头
腰斩了榆木的所有梦想
一天　一世，作别时光

夜晚,我点亮思想

1

凌晨三点
月亮选择了睡眠的权利
北极星是天空唯一的孤儿

2

所有的星球在空中命悬一线
无边的黑暗从我瞳孔流入
我抓住了最后那一缕星光

3

木板床和我的身体
像两个硬朗的牛仔
蟋蟀一声口哨
我们便分道扬镳
阳台上独坐
点一支香烟
我开始了每天的煨桑
思绪一片一片地撒着龙达

破月亮

阴天,我说太阳真好
黑夜,我说月亮真好
在忙碌的人群中
我只有影子一个朋友
我说,有你真好
奔跑了半生
终于到达悬崖
我问,回头可好?
星星十分吵闹
我听不到任何回答
那就把身体交给大地和蓬蒿
假如明天我头顶可以发芽
你能否关了月亮
这样
我就可以安心睡觉

中年醒来，回乡创业

二十岁，空空的行囊里装满希望
脚步匆匆，逃离父母不舍的目光
三十年，血汗与眼泪在城市森林流淌
住在高楼，肉身却无处安放
五十岁，我决定不再踟蹰流浪
心比脚步先行，我要回到我的家乡
巴山夜雨，远足来到城市，急急敲窗
秋夜，失忆的老狗固守着一盏灯光
说走就走吧，父亲的眼里没有衣锦还乡
坐在堂屋的桌旁，多年的话装了一箩筐
一杯酒在手，一句话不讲已让人断肠
菜已摆满桌子，母亲还在厨房奔忙
仿佛要儿子一次吃回三十年的食粮
我要在大地上用汗水去浇灌希望
谋划半生的蓝图终要变成锦绣文章
那大片被抛弃的土地野草疯长
正是我理想的牧场，我要让它长满牛羊
还有那儿时狂欢却已多年寂寞的池塘
我要让鱼虾和歌声在水里四处游荡
我喜欢黝黑的土地，如同父辈的脸庞
我喜欢原始的村落，水波始终温柔荡漾

我喜欢鸡鸭的交响,也喜欢退步插秧
当皮肤撞击阳光,花海必将泛香
当荷锄迎来星光,谷粒必将归仓
锄头种下梦想,荒地拓成梦中的农庄
城里人以寻找民宿的名义潜入我的老房
如同蜜蜂自然会追逐百花的芳香
青年人曾经如我一般带着欲望流浪
像溯游的鱼,回到为梦想背弃的家乡
当小康的欢歌召来异乡美丽的姑娘
即使远行,家乡才是最终的方向

两行诗

题记:
两行诗和着两行泪流向心底
一路收集了人世间所有的浮尘

一个人

一个人混迹在人群中
冷眼旁观广场边瞎眼的演讲者

空谷幽兰

原谅王阳明惊了她的花期
但比尔波特何必领着游客突袭

秋阳

太阳旁若无人地扑过来
将世界一齐收纳进了春天

雪花

冬天一定想不到

天空会抢先为春天盛开雪花

转山

一个老僧倒在冈仁波切脚下
玛呢堆里多了一块坚硬的石头

归路

我看到了家里温暖的灯火
却在闭眼时才能回到家园

我在黄龙溪等你
——记西师中文九一届 25 周年同学会

用故事佐酒,半生是否足够?
溪水涓涓如诉,忘却了汪洋恣肆
但忘不了四年的西师同窗情谊
不愿翻开泛黄的毕业相册
樟树林修成了房子,我绕道而行
好让那些树活在我斑驳的记忆
独自走过爱情山和图书馆
那时,成双的只有自己的足迹
幸好爬山虎还在,包裹了
行政楼能让我像蚕一样尽情地吐丝

只是,桃园的桃花开处
那些青春的笑靥已经开始迷离
没有仗剑天涯,挥手便是别路
相聚的理由万分之一,情义成了唯一
每个人都有自己完整的故事
一杯薄酒遮颜,笑谈的碎片拼成交集
天南海北的沧桑不敌相聚时的调侃
醉卧沙场不如相忘一条小溪
我站在雨中,像一棵树披满身泪滴
挥手自兹去,匆匆,告别半个世纪

致敬无常
——西南师大中文九一届 25 周年同学会

嘉陵江边放生的鱼游向远方
黄龙溪畔的鱼逆流而上
用一种仪式来交代过往
用一种永恒带来致敬无常
有的茶喝着喝着就淡了
有的人走着走着就散了
立秋时节，我们在欢乐田园
收割了 25 年缓慢成长的思念
曾经以为老去十分遥远
天命之年叩门就在眼前

昨日黄粱梦，今朝双鬓白
岁月的杂草纠结着狂野
突然发现年轻已经过了很久
转眼已经装满半生离愁
手心里的阳光温热依旧
千言万语不如一杯浊酒
记忆生鲜，时光好不经用
中年辉光，欢笑带着微痛
收拾地里的稻穗和记忆残片
一别经年，再见亦难

九〇届，30年，一生情
——为渠县三汇中学高九〇届同学会而作

一座巴山在三汇歇脚
一条渠江从三汇启航
一种情谊在三汇发酵
一批学子从三汇出发

三年的寒窗苦读
一生的美好记忆
白蜡坪、牛奶尖留下的足迹
如诗行般镌刻入心
舵石鼓、老龙洞回荡的歌声
如行板般激荡胸膛

柑子园的夜色行动
心至今怦怦乱跳
老粮站的夜话时光
脸至今火燎火烧
中坝的炊烟有了人情味
白塔的绕行多了书香气
食堂的烧白还在味蕾欢唱
校园的菊花还在记忆绽放

萌动的爱种下了种子
同桌的你，信笺早就发黄
羞涩的情留给了岁月
现在的我，眼神依然倔强

向阳门带我们去放眼世界
如今我们却重访八濛汉阙
老相馆带我们到天南海北
如今我们已行遍椰乡雪国

放下保温杯，去它的枸杞养生
端起小酒杯，人生难得几回醉
放下红尘琐事，让时光回溯
复活青春记忆，让生命放光

巴山的硬朗
渠江的温婉
一杯酒就回到了从前
容颜已改变
真情藏心间
一拥抱就迎来了春天

来吧，饮一盏汉碑
挥斥方遒，醉里挑灯看剑
来吧，整一罐哑酒
浅吟低唱，却话巴山夜雨

白露从时间滴下

秋收的时节艳阳高照
他们说今天是白露
是蒹葭苍苍挂霜的日子
兄长打谷时身上的盐晶
母亲用甑子新蒸的米饭
有霜一样的白

老房的粉墙斑驳
我像一只老狗
眼里只剩房子的骨头
还好,炊烟在轻轻呼吸
活了一座古早的村庄
池塘是一面巨大的镜子
摄录了整幅蓝天白云

预演了秋高气爽
我在池塘里洗去尘劳
瘫躺在池边,任
肉体流向地缝,看
一只蚂蚁气宇轩昂地
占领我的鼻尖

看一支蜡烛归零

节日总会唤醒沉醉　教师节前夕
我抬头仰望天空　孤独的月亮
它终将散成满天星光　抱团照亮
在尘封的记忆　只有一支蜡烛才可以
点亮岁月　让记忆中的老师鲜活
也许看戏人的眼里
荒腔走板都是过客
而那些活着的、逝去的
我当以亲人的方式善待

点燃一支蜡烛
就收留了一颗流浪的太阳
我想要一星光明
却意外纳受了一团温暖
馨香的阳光爬满墙篱
萤火陪在昙花的身旁
时光溢出了莫名兴奋
我期待着知识的种子爆出新绿
走马天涯的草原一夜长成

看一支蜡烛慢慢燃烧
那些智慧的光,从杏坛流出
红色的烛　归零前
已经完全晕散在我们的血液
我无法用更好的方式　向那些
给我第二生命的恩人表达敬意
我手握子夜这把开启晨曦的密钥
相信　摇曳的烛光足以支撑到天明
如果不够,由我焚身以继

菩提树之约

菩提树从南方走向北方
经历一个长夏的集结
全体树叶在初冬进入禅定
偶有入寂涅槃的叶
像飞鸟的翅膀一样扑落
金羽如箭划破天空
将太阳的影子拉长
冬天的雾结成冰阵
水的梦想雪一样盛开
锦鲤绣在水底静候春风
雨巷的惆怅恍若隔世烟云
不要忧伤
我一直与你同在
根与根在大地紧紧相握
不要沮丧
我一直在这里等待
叶与叶在天空紧紧相依
即使我遍身衲衣
世界依然美丽
从玛吉拉米出走半生
一叶菩提圆寂在地老天荒

千年芙蓉锦城西

一丛丛长在树上的莲
从夏天的荷塘开始预谋
在一个伤感的季节出发
待百花凋零　傲霜的菊
也次第谢幕
待银杏用叶子
绽放一树金黄　积蓄一夏的
阳光飞旋到芙蓉树下
卧成一匹柔软的缎面
芙蓉着手在阴郁的锦官城
铺下一路色彩斑斓的锦绣
当花朵避开春天的争艳
那决定有谱浓郁的心思
像花蕊夫人辞蜀赴汴的苍凉
芙蓉是深冬唯一的倔强
白粉红三色的渐变　写真了
邻家女孩怀春的羞颜
一位老者在花树下伫立
他的心里盛满了淡淡的忧伤

银杏的锦被

风奔跑太急　在秦岭跌倒
秋阳的核爆　人们冲出家门
眼睛带钩　捡拾银杏金色的弹片
太阳的告别演出　光彩夺目
一杯花茶泡透了慵懒和温暖
血在烧　煮软了冬眠的骨头
一条老狗在人迹罕至的街尾
睡觉　它的心醒着　只是
支撑不住老迈而沉重的眼睑
银杏铺窝正好　锦被繁华
夏天累坏的舌头睡意正酣
庄周的蝴蝶在老狗肚腹飞旋
如果死神没在冬天提前到来
油菜花开的时候　老狗决定疯狂
让另一种金黄　以春天之名
将自己掩埋　地火汹涌
肉长出虫蚁　骨长出金属
心脏长出一串温柔的红豆

向着雪的方向奔跑

煮一杯茶,在失眠中等待大雪纷飞
有一种孤独叫红炉醅酒影绰绰
长吟一声未惊尘,那么,让酒自凉凉
听说你翻过秦岭,千里迢迢
失约的是我自以为是的等待
我该披上大氅奔向你的方向
哪怕,我们会在气喘吁吁中
相视而笑

幻　像

我想说声我爱你
就像醉汉的秘密
都说酒醉心明白
只怕惊得白鹿去
我是一个守林人
当你闯进我心里
早已知道故事的结局
看着你仪态万方的步履
怯怯，眼神迷离
我问自己，水可清，草可绿？

我想说声我爱你
就像孩子的呓语
都说梦中最真实
只想和你共游戏
我是一个种花人
当你闯进我心里
早已知道现实的格局
看着你蹁跹自在的舞姿
嘤嘤，甘之如饴
我问自己，蜜可香，枝可依？

火　柴

火柴输给了温州
逆袭的打火机反攻倒算
用廉价劳动力占领了西洋
当火柴叫洋火的时候
它率先从大上海登陆
它也有漂洋过海的荣光

欧洲距我太远
火柴离我很近
我划一支
点燃普罗米修斯
再划一支
点燃了安徒生
我最大的梦想是成为
卖火柴的小女孩
手中不熄的温暖
陪伴着她等待一些美好
比如面包与厚厚的衣服
比如奶奶来到她的面前

曾经幻想一根火柴
点燃一片广袤的原野
直到我的梦想和我一起
被装在钢筋水泥的盒子
横躺着梦醒，直挺着出行
在密集的人群中擦出空虚
点燃红色的火柴头
我昂扬的心脏
在光明中瞬间消失
一阵烤肉的味道袭来
那切割得如此坚强的木柴
自燃到只剩蜷曲的身子
拥挤的大街连接两点一线
无数个肉身穿成念珠
爬行回到叫家的地方
摆一个随意的姿势
算作寿终正寝
据说的轮回明天还要将我唤起

第八辑：浮生幻游与致敬无常

解忧杂货铺

城市正在野蛮生长
灰头土脸的杂货铺
挤满了杂乱的生活
哪怕你只买一个火机
都可以随意点燃
老板娘的笑脸
面无表情的人们
匆忙将牛奶与洗洁精
装在袋子里扬长而去
杂货铺安坐在岔路口
每天为南腔北调
指引脚尖的方向

轮回的沙漏

一颗种子执意重见天日
念头萌芽，以水土为食
狡黠与倔强有水土的基因
叶片以欢迎的姿势
将太阳揽进了疯长的枝干
原以为找一朵花住下
就足以慰风尘
当花蜕净阳光的七色
当花随风飘零成泥
种子移居到了坚硬的果
果壳里的宇宙
杂陈了记忆散乱的脚印
种子蜷曲成一条化蛹的虫
向死而生咬开的虫洞
透进了银河系微弱的星光
秋风有信，冬风无情
大地像乡下的大哥踏实可靠
告别枝头吧，到地底冬眠
一觉沉睡，梦里三千
纵横交错的根须如同思绪
布满了大地的血脉

喜悦的拥堵

3月23日的早晨
阳光像哨箭一样
射破云层
鹅黄的柔光
在马路上铺成
春天的快乐
不在于踏青
上班这个动词
比鸟鸣还让人暖心
所有的人急着出门
无论向着太阳
还是顶着阴影
只要有光的呼唤就行
两个月的暂停
连睡眠都充满怨恨
把速度交给车轮
我要有生命的快进
即使今天有些拥堵
汽笛也不算是噪音
只要前行
慢也比不动能给我
一份好心情

惊蛰，环球共凉热

十四亿棵草从大地探头
七十亿粒芽从树皮突围
正如眼睛　不管口鼻如何掩盖
总会从口罩下露出
疑惧和希冀

一万种颜色从太阳洒来
惊蛰了桃红柳绿
油菜花得了梵·高的真传
即使无人围观　寂寞疯狂
还是开满了江汉平原

我躲在长满砾石的德令哈
澳洲的桉树发出火红的芽
赴宴的非洲蝗虫一路向东
只是　青藏高原的冰川融化
古老的病毒艳若桃花

德令哈的姐姐还在路上
我耐心地用玛尼石铺路

如果黄鹤飞回樱花江岸
我愿抱起戴口罩的孩子
让他在诺亚方舟等待春天

与夫书

——一个真实的故事演绎

当我写下这封信
签字笔已经重如千钧
当你打开这封信
我已经踏上去武汉的征程
明天是我三十六岁的生日
我提前穿上了母亲
买给我的红色内衣
厚重的隔离服时时提醒
我始终是白衣天使

凌晨你脸贴大巴不愿离去
你用恋爱时的温柔轻声说
只要你回来　我们就永不分离
车轮滚动　你像在部队时一样
大吼一声　平安回来
全年的家务都由我承包
当你到家　母亲和女儿或许已经醒来
如若问起　你只能说我在出差
关于黄鹤楼与那些美丽的樱花
千万不能让她们有任何猜疑

十二年前你率领你的连队
在汶川救灾时毫无消息
我在家守着屏幕担心和焦虑
现在你安心守护着家人
但你定会关心每天变动的数字
祈祷全国能够尽快战胜瘟疫
如果我能平安回到你的身旁
我们就相约守到地老天荒
如果我不幸魂归长江
你要告诉母亲和女儿
天使会一直会陪伴她们飞翔

我只钟爱孤独的自由

1

有一片古老的花圃
春去秋来
每一季都有不同的鲜花在盛开
牡丹、矢车菊、米兰
以及叫不出名的野花,各安其位
对于任何花朵我都没有特别地眷顾,一视同仁
就如同身体有心脏和盲肠,都不可抛弃
我安住于这个世界
半个世纪里对一切都无动于衷
唯有这片花圃,足以让我看遍云淡风轻
那些云朵被我植在树枝
只有这样,稀薄如水的阳光
才能漫浸每一片花瓣,温暖而柔和

2

每一次云朵离开树枝
都会成为分别的意象
花瓣对此早已习以为常

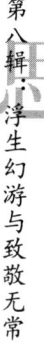

每一个年度从蓓蕾初绽到化作尘泥
来年,在另一朵花上就有它们的血脉

我对花朵的期许有些固执
我对它们的枯萎总是十分伤感
我甚至不愿看到任何一瓣花瓣被星光刺破

我愿意裁下一丛雨丝
让它们接近我的体温
如果有透明的花露流出
我也会小心翼翼地啜饮
一滴就好

3

蜜蜂和蝴蝶都休想进入我的花圃
这些花草不需要传宗接代
它们在石缝里绝处逢生
每一朵花开,都是在自知的疼痛里圆满

我更不愿意一匹野马
或一只小鹿偶尔闯入
它们只会在花圃里踩出迷乱的视野
但是只有你除外,姑娘
这些花都是你的艺名
无论它们骄傲、羞怯、欢喜,还是忧伤
它们都是你曾经扮演的角色

你,是这些花的全部
也是整个花圃唯一的公主

4

我会在你来的路上铺满苔藓
我不愿意看到任何一片落叶在上面粘连
如果有粉色的落英铺满你来时的路
我想,这是风对你的眷恋

我还要在蜿蜒的小溪旁布上
一个吱呀吱呀的水车
水引着车,我牵着你
即便是在无风的日子里
斜阳也会把我们的影子拉长
举手投足间,一棵无花果树
在篱笆墙边会勾勒出伊甸园的幻影

5

时间用诗歌写着对生命的证词
每一天我都会认为明天就会有判决
好在,我在时空的牢狱里还有几分自在

那窗口的微光里有你的身影
我以决绝的态度
轻松抖落身上的枷锁

向着你来的方向进发

6

雪山发源了江河
戈壁上的砾石
到了海洋就会成为细沙
我在胡杨林里捧了一捧流沙
每一粒都冠以你的名字,当
它们扬起于指缝时
天空也会暂时地失明

其实关于明天,关于未来
没有什么能比那条蜿蜒的溪流更接近真实

向前迈出的步伐有些迟疑不决
时间的藩篱让老树开始适应新鲜的蘑菇
鸟儿的歌声在风中飘扬,一切都不太确定

我想,我应不应该站在一棵柳树的下面
那些柳絮曾经迷乱过我的双眼
那些柳丝曾经撩拨过我的心弦
恍惚间,我看见了那些柳絮纷飞中的
牵手和海光月影下的相偎相依……
百灵鸟的叫声终究惊破了我的梦境
对于静守花圃的我而言
你清脆的方言已经足以让我倾听

7

我被孤独囚禁已久
我只钟爱孤独的自由
夜深人静的时候
只需要几只蛐蛐就好
他们弹拔的琴弦会融进我静水深流的血脉

我布道的嗓音高亢而忧伤
叼烟斗的姿势很酷且无聊
也许
我还可以用草帽檐上的烛光点亮星空
甚至,我可以在完全孤立的地方
读着自己的死亡日记

这个繁花似锦的花圃
就是无声的穴墓
所以你爱上的
终究只能是我的孤独
黄昏里的挺拔的背影以及
古老钟声里丝丝的叹息

8

人们说
如果一个人想念什么
那大概是离得很远

如果一个人拥抱着什么
那大概就是空
还好我们能在田间地头追逐、嬉笑
这就是城市人眼中的人间烟火吧

阳光给我干枯如柴的身体加入热能
月亮升起的时候
我一定可以放肆地熊熊燃烧
直到自己燃为灰烬

孤独的人都有自己的沼泽
我们这一生收获过许多的爱情
火辣的酒抑或是一片森林的寂静

无论是重逢还是告别
我们都曾一头扎进过这片沼泽
哪怕滚烫的现实
哪怕情非得已，哪怕左右为难的时间……

9

我们像孩童一样
手拉手看过晨曦与夕阳
一池的浮萍和十里桃花一样美好
你喜欢我身上老檀和泥土的芬芳
而我，却能在你的发梢发现兰草和艾草的碎屑

我们穿过一片芦苇
你曾经在水一方开出了二十余季粉色的莲花
从此，到不可计量的未来
尽管我看不到莲藕的洁白与饱满

但，一朵荷花已盛开在我的鼻尖
香远益清，我还会有什么奢望呢？

10

与河相伴的滩涂之上
一只纸折的飞机在这里搁浅了四十年
你捡拾起来，哈口气
让它飞向水中央

它也许会将心事沉向泥沙
也许会顺流而下
在一个白沙的海滩
与一个正在用细沙构筑城堡的孩子相遇

11

姑娘，你是 7:38 的太阳
刚刚才从海水中沐浴出来
粉红应该是新鲜的样子
你甩动头发时发梢飞溅出的露珠

溅在我的身上,于

是,我满身的血液开始集结

如同一只猎鹰听到了猎人的鸣镝

湿润的太阳照过大海的镜子

细微而温暖的水滴

在镜面画成了一幅海市蜃楼

那海市的喧嚣里安静地走过你我

那蜃楼的空寂里

翻卷着你我的汗珠和人类各有解读的颤音

海洋的原始味道里有大鱼游过

一座灯塔伫立着百年孤独

它微弱的灯光会引领你走向远方

海妖塞壬美丽的歌喉不会让你触礁

在你划破海水的波浪里

有我涟漪一般的心事

而守护光的我,亲

眼看见那些扑火的飞蛾

用死亡宣示了余生不愿平庸的理想

12

姑娘,我愿你老去

心中有一枚收容我的粉盒

我又不愿你老去
我学不来黛玉葬花时的忧伤
我想我会一直孤独，无论你是否一直深情

如果繁花似锦是赴汤蹈火的回照
我更愿意
你亲手将我的肉身埋进花的深根
当你从我身边走过的时候
那株寒冬里的蜡梅，就是我泛香的骨头

中秋前夜的寂静

月亮登场和太阳谢幕
是一场静默的命运交接
浅青的帷幔没有点缀
月亮在天空灼灼其华
愧别的星星在人间流浪
只有一个老去的孩子
用渔网在水中拾起一些萤光
芙蓉般的月色里
他只爱舌尖上的一点点甜
至于那些或粗或细的喘息
都来自精力充沛的人
而我已和明月一样寡言

六瓶大乌苏，也
淹不掉我用时光淬火的思念
等一轮圆月要 30 天的耐心
时间烘焙了一个白亮的月饼
当我仰望天空时，焦躁的吴刚
已经砍下了一大堆树枝
一些芝麻粒掉在了我的脸上
啜在口腔，味道咸涩

我无法用月亮洒下的银光
去粉饰眼前的黯然
更无法忽视一双眼睛的若即若离
不如就煮一壶清茶,静静地
等待一个虚拟的春天
在杯底徐徐绽放

每个人眼中都是同一轮皓月
每个人心里却有不同的倒影
我要让嫦娥醉去,让你
在桂花树下发出幽香
这样,你遥远的忧伤就
可以降临到我的头上
即使不能与你白首到老
也可以和你共解秋霜
我与青山遥相望
白云渐暗有泪痕
其实我已无法自拔
那就让我们互为悬崖
去探底黑暗中的漫天星光

第八辑:浮生幻游与致敬无常

暮光之原

时光将美好制成影像
花和果在枝头交换底片
就算落花满地
也要挽留春色三分
这些率先在春天里绽放的懵懂
从不染尘埃到零落成泥
手里攥紧的枝丫是树的肋骨
分一块就鲜活了一个伊甸园
蜜蜂开始计算着过冬的储备
我却将行囊留给过路的旅客
盘腿在孤峰上独饮
月色弥漫着酒香
醉倒了苍翠的原野
这时,风已搬空了山寺的钟声
只有风铃在浅吟低唱

我在这人迹罕至的山林
选了一条清澈的溪流栖息
醉卧在满绿的溪岸
轻蔑着路人的嘲笑
明天我才会采集食物

今晚我不寻源头，不问归处
只管躺在草地的边界
影子像极了一只乖巧的小狗
与流水作伴，任星河流淌
俯仰之间
与一颗落在蛙声里的星星亲昵
有些雾气从我毛孔中浸入
我的思绪在泥土中植根
待我与大地不再分别
世界会在一片叶间发黄

假装醉酒

高粱与水的相遇
是命运的暗算
燃烧是注定的结局
所以慢热显得蓄谋已久
春天一定是命运的同谋
她的出现就为了
宣告夏天的主权
所以温度最终战胜了坚冰
酒液带着烈火出生
爱的蜜露珍贵无比
只需一滴
便醉了鲜花与蜜蜂
醉了恣肆的春风与泛滥的河水
那就看着自己醉去
即使有松树一般坚毅
我也愿意
像柳枝一样柔软
像柳絮一样飞逸
在春风沉醉的夜晚
我无力选择独自清醒
我枯坐风中
灵魂在悄悄发芽

安睡在废墟的野花

溺死在书里
还是
渴死在茶里
陨石在天空开满了花
那远方的火山
心潮澎湃
卖火柴的小女孩在空中安睡
眼角的泪水蒸腾
雨追着河流乞讨
有人掬起一捧污水
将痛苦蛰伏到胃里
舌头
刀锋
眼睛
倒钩
鱼群写满了怨恨
我捡了一把钥匙
打开了花丛
打开了淤泥
打开了阳光的倒影
躺在影子里

我来做野花的肥料
因为蜜蜂
因为蚂蚁
还有沙漠上的荒骨

爱情包浆

我是一颗白垩纪的化石
里面住着一些远古的生命
一条鱼几乎占据了
我所有的内存
我想,在这之前
没有一条鱼会想和石头在一起
当火山把坚硬的岩层点燃
鱼和石头在血火里相融
岩浆里便有了细水长流的柔软

其实,时间不过是空间的位移
岁月的密码就藏在岩石的裂缝里
除了风,再没有谁能把我穿透
我依旧修复着我的荒芜
我想赶在三月前
种一个风情万种的春天
苔藓浓郁得快要滴出水来
如果把它裹在怀里
鱼儿也会春暖花开

我曾用旧天平与砝码
称量着住世的日子
不多,也不少
刚好足以守候一缕春风
时间从达利的笔下流到我身上时
疼痛的血浆就复活了一切记忆
轮回必须在激情里宣告暂停
那时,青藤爬满我的胸膛
它们正在用触须打磨爱情的包浆

我无力用森林里的树木
为你搭建一个歇脚的客栈
客栈是所有流动的借口
你是理由,而不是借口
我要你坐北朝南阳光充裕
所以我洞开一个位置让你烧荒
任凭浓烟四起,草木生辉
那些烈火之声也可以点燃
头顶上方的另一个世界

草原的呼唤

风搬空了寺庙的钟声,风铃摇曳处,我清醒地听到了来自草原的呼唤。

那些清风、露珠、满天星斗或朴素的月光,以密码的形式,悄悄解锁了深藏在我身体里的野性。

是的,我想把雪山上的雪绒拥进被窝,甘甜地入睡,那融化出来的万古清凉,一定可以解半生惆怅。

在我的梦中,黄昏携着夕阳,我牵着生活这条桀骜不驯的牦牛,大摇大摆地漫步在乡间的小路上。不远处的毡房里的姑娘,正在散发着尘世的烟火味,人间氤氲出了松脂一样的芳香。

草原的格桑花欣然怒放,这些迟到的秀色,让上天派来的阳光、蝴蝶,和蜜蜂都没能逃脱俘获的命运。

人们都以为我百毒不侵,而事实是,我曾在开满格桑花的草原多次回望,有一片嫩绿的叶芽曾抚慰过迟到的春天。

风也轻轻追逐过花瓣,留下轻浮的欢愉,狼毒花、野罂粟曾让我神魂颠倒。还好有蒲公英、夏枯草解毒,我才可以细嗅红百合与银莲花的清香。

我和骏马驰骋在波斯菊和圆穗蓼花丛,在它发梢的马先蒿鸢尾花瓣中,我竟然找到了那拉提草原的柔软。它就像流水一样把世间美好洗涤,而我途经的荒原从不曾改变。

我在草原的花季逆流而上，油菜花带着浓郁的荷尔蒙气息，它们蕾丝般艳黄的小花像极了细碎的星光。

我是高原上独自奔跑的孩子，在停下喘息的时候，我仰卧在松软的草地上，亲眼见证了回旋的山鹰在苍宇飞出的最完美弧形。

那些在天空拉丝的松散的云翳，宛如一杯正在消融的蓝色冰激凌，我正在凭窗独饮蔚蓝。这样，天空就会给思绪更多的留白……

一场冰雨来得猝不及防，粉碎了我全身的骨头，有人收拾起这些粉末，做成了随身的擦擦。

当世界一片寂然，有些声音也许还在雷电中酝酿，也许会有人在寂静的时刻，从中听到我心跳的声音。

我曾厌倦了生活，还有人类，但我依然会在世间散播爱的种子，比如，用骏马的方式告白，扶着爱的缰绳，沿着草原，一路向西。

妄想的绳索两端牵着短暂的快乐与永恒的痛苦。我想把你的名字织进风雨里，雨过天晴后，你便会弯成一道彩虹，落满我的双眼。

一抹新鲜的味道在浓郁的空气里散开，那些心动表现在身体语言的细节，以及细胞与细胞发生过的战争。

我试着适应光线的变化，潜入阳光深处，细细地打量着这座虚无的桥。似乎，斑斓处更适合隐藏。

相反，那些盘踞在潮湿里的苔痕却在墙角昂首挺立，只是不再有叶的疯狂。

它们像蜗牛一样静待着日落西沉，即便有蝴蝶邀约过一生，也不曾打开过一朵花的门。

其实世上本无门，只需要打开一扇窗，就可以天宽地广。

天年告白书（代后记）

人身难得，雪泥鸿爪，终归留影。行万里路，历三世命，毕竟归一。余五十，知天命，今与君共勉，相携前行。

余自幼体弱，六岁不能安住生命载体。幸有恩师柏川老人垂怜，以使落庚，随师学道数载，始得换骨脱胎。

至13岁，又读佛经，甚喜，志于学，读诵受持，乃至抄写。至高考，幸渠县中学文科状元。

上大学，好舞文弄墨。写小说，连载长篇；作诗文，千虑一得。乐公益，鞍前马后；解贫困，助人为乐。

更用课余时间，游历山川，寻师问道。其时风华正茂，岁月静好。

毕业工作，或为媒体人，或为广告人，一切如幻；或做商业顾问、文旅地产，偶有所得；或致力传统文化，或旁通中外学问，博而致专。

期间待人接物，不辞辛劳，研学修行，不遗余力。故被社会谬赞为文旅专家、创业导师、文化复兴人、生命觉能者。

世人毁誉，无系于心，然返观内照，余心戚戚焉！余自问，一生荒废，何以作为，毕生沧海一粟唯系维观世界耳。

维观世界乃吾此生心血结晶，自2003年创建，于今十八载矣。于此，吾参三教奥妙，融人情练达，有教无类，心不藏私。

鉴于此，吾毕生之所愿矣！

森林里流出一条河

黄　河

1

是该写写森林的诗的读后感了。我想。

于是端午节后,我心无旁骛地回到成都,一部电脑一盏清茶,静静地品读,静静地写作。

森林的这部诗集,放到我案头已经很有些时日了。由于疏懒,一直不曾认真校读。森林来了几个电话问询,但我还是不想动。我已经明显感觉到他的焦虑与不满——哥哥,你的效率太低了!但他没有说,后来甚至几乎不过问了,听之任之。这也许就是他的个性,只管去做,不问西东。但我知道,他内心还是有所期待的。

其实,这年头人们都懒得去关注思想,写诗自不必说,读诗与编诗也需要定力,否则无论如何也进行不下去——那些酒色肉香与风花雪月的诗歌除外。写点有思想深度的诗歌确实不是一般人能干的事,更非一般编者和读者接受得了的。

2

对于诗歌与文字，杨森林一直是自信的，他封笔多年，开笔就佳作连连；对于洞见与思考，他似乎更加当仁不让。他笑看风云，却在红尘中孑然独行。

或许，这正是我们意气相投的原委。我就死死交定了这个兄弟，并成为他文字的阅读者、思考者与批判者——或者说，研究者。

那么，就让我从《血月的自序》开始吧！

我想我没有误会自己
在太阳赐予万物温暖时
我所度过的黑夜
如同阳光一般弥足珍贵
我喜欢在寂静里凝视世界
许多悲观来历不明
但我并不恐惧
我在心里唱着悲歌
但始终与光同行

从第一句开始，我们就感受到一种高度的自信与突兀的美，没有丝毫拖泥带水。"在太阳赐予万物温暖时／我所度过的黑夜／如同阳光一般弥足珍贵。"则传递出一种独特的审美——辩证的智慧，阳刚而自信。"许多悲观来历不明，但我并不恐惧，我在心里唱着悲歌，但始终与光同行。"承认世界的"悲观"性，但并不"恐惧"，"始终与光同行"，乐观而随性。这非常符合杨森林一贯的人生态度:"一个乐观的悲观主义者。"

> 我曾与月光交谈
> 它说黑夜不只是安静的帷幔
> 还是孕育思想的温床
> 当内心的温度高于月亮
> 脸上就流淌着半个春天

黑夜是孕育思想的温床,这既是经验之谈,也是一种大胆的假设;而"内心的温度高于月亮",这是理想主义的光芒,"脸上流淌半个春天",这是乐观主义者的豁达与美好。

> 害羞是人类才有的优秀品质
> 我曾因为姑娘的低头脸红
> 爱了她半生
> 直到现在,羞涩
> 也会让我打开心里的泵
> 将殷红的血液输到脸上

这里的羞涩,可以看作原始的质朴与美。质朴、本真的东西往往最具魅力也最为长久。这里我们再次看到诗人穿透浮华烟尘的锐利与深刻!

3

森林的诗是善于从小处着笔的,当然这并不是说他就不善于从大处落脚——恰恰相反,他是擅长宏阔叙事的架构的。他的诗歌，多是小处着眼，像解剖麻雀一样，一叶知春夏秋冬，一叶知家国天下。这种精微与细致，是符合我们所一贯倡导的。

> 连风云都淡了
> 我怎么会在意雨雪
> ……
> 冬天已被太阳洞穿
> 柳絮何必在春季急于铺被
> 我堆起的雪人必将
> 融化在一块葱郁的麦田
> ——《和一棵柳树谈心》

轻描淡写的几句话，把豁达与追求表现得淋漓尽致。

> 柳树对每一片土地都一往情深
> 似水流年里，插在哪里
> 就往哪里扎根，飘逸的身影
> 辉映着天边赤诚的晚霞
>
> 牧童吹响的柳笛
> 唤起路边歇脚已久的旅人
> 姑娘温柔的柳眉守着一池春水
> 一眼千年，柳树默默地
> 画下一个心形的年轮
> ——《和一棵柳树谈心》

这种行云流水的笔触，这样精致而浪漫的描写，确实难得一见。

　　森林是个善于掩饰真情感的家伙，你看到的潇洒未必是他的自在，你看到的微笑未必是他内心的欢喜，你看到的率性未必是他真的坦然——只是一般人很难洞穿他。即使在他的诗歌里，这种"伪装"依然是特质。但无论是做人或写诗，怎么也掩饰不了他对真善美最本质的追求，掩饰不了他智慧洞见的闪电——这种闪电一不留神就会露出"狐狸尾巴"。

4

　　森林的诗总是充满了情调，但你仔细读来，又绝不仅止于情调。就像他的微笑，背后总有一丝不易察觉的忧伤或焦虑。

　　　　秋日的暖阳里诸事不宜
　　　　只有轻轻合上双眼
　　　　用心感受细碎的阳光被撒进
　　　　草木萋萋的荒梁
　　　　　　　　　　——《阳光沸腾的秋日》

　　这里开篇就充满了一点儿小无奈而又随遇而安的祥和，但笔锋一转，似乎是在"颂秋"了：

　　　　秋天复苏成春的底片
　　　　枫红，菊黄，蟹肥
　　　　秋水长天，风吹稻香
　　　　高粱在燃烧中秋流浪的月光
　　　　　　　　　　——《阳光沸腾的秋日》

但笔锋再一转,又有了萧瑟与达观:

只有落叶袒露了秋的邀约
牵手了半空的风沙
默许着下一个轮回
这样,枯木和落叶
就能在烈火中获得新生

——《阳光沸腾的秋日》

这种明暗的转换在森林的诗歌中极其常见,笔锋狠辣,虽转换自然,但对比强烈。很多时候,他都把诗歌写成小说的跌宕起伏。这确实是心有丘壑,笔锋极健,需要很高超的艺术手段。

如果没有连日的秋雨绵绵
谁也不会见到今天的阳光灿烂
如同树木暗沉后发霉的身体
才会开出朵朵鲜嫩的蘑菇
冬天叩门,在最好的季节
把思念晒在蓝天下蓄积种子
森林里那采蘑菇的小姑娘
有大把时光可以歌唱
当她在松针毯上舞蹈
阳光开始在她心窝沸腾
明净的目光赤裸裸地望着暖阳
她不知道,蘑菇汤好的时候

有一块碑立在了某个角落

——《阳光沸腾的秋日》

这里我们再次见到了场景与意境的转换，明艳与灰暗、生机与凋落，让人突生惊悚。

老树的年轮模糊
明年春天它会在根部发芽
我们在勇敢地老去
如同种子开始沉睡
落叶追着风的影子
不敢踏碎这一程的阳光
它尝遍了世间所有的孤独
只为，自由在安卧大地深处

——《阳光沸腾的秋日》

这里我们再次见到了达观与安详、通透与自然的魅力。整首诗不低迷，不亢进，不渲染，不回避，充满了豁达的哲思。

这样的调性，在森林诗歌里比比皆是，构成了重要的审美特色。

杨森林的诗要细读。只有细读，才能玩味。其实，谁的诗不需要细读呢？

他的语言总是很勃动，甚至俏皮。

他的诗总是充满佛性，充满了沉思，充满了顿悟，当然也不乏偶尔的清浅与好玩。

这年头能够让一个四处奔忙的人闲下来读诗或编诗，这本身就是一个奇迹。不过能让你沉下来读的诗,肯定值得一读;能让你安静下来做的事,总有值得做的理由。

这是我读森林诗歌最突出的感受。

2021 年 5 月 25 日初稿
2021 年 10 月 27 日终定